一 个 人 ， 遇 见 一 本 书

TopBook

饕书客

缤纷日本

谢哲青 李艾霖 著

器物　园林　建筑　城市　风景

探寻日本参差多态的风物景致　发掘日式美学的文化之源

从川端康成笔下的雪国，到白沙飞鸥的渔乡

于落樱缤纷之下，于秋荻茂生之处

定格生命中稍纵即逝之美

Top Book
馨书客

陕西新华出版传媒集团
陕西人民出版社

图书在版编目（CIP）数据

缤纷日本 / 谢哲青，李艾霖著. --西安：陕西人民出版社，2020.8

ISBN 978-7-224-13274-8

Ⅰ.①缤… Ⅱ.①谢… ②李… Ⅲ.①散文集—中国—当代 Ⅳ.①I267

中国版本图书馆CIP数据核字（2019）第129312号

出 品 人：宋亚萍
总 策 划：刘景巍
出版统筹：韩　琳　关　宁
策划编辑：王　倩　王　凌
责任编辑：张启阳　晏　藜
整体设计：哲　峰　开朗文化

微信扫一扫，关注饕书客
新浪微博：@饕书客topbook

缤纷日本

作　　者 谢哲青　李艾霖
出版发行 陕西新华出版传媒集团　陕西人民出版社
（西安北大街147号　邮编：710003）
印　　刷 陕西金和印务有限公司
开　　本 787毫米 × 1092毫米　1/16
印　　张 16.5
插　　页 2
字　　数 200千字
版　　次 2020年8月第1版
印　　次 2020年8月第1次印刷
书　　号 ISBN 978-7-224-13274-8
定　　价 69.90元

作者序

探索绝对、真实的日本之美

谢哲青

美术馆内，安静无声。室内微光下，古老的秘密在流尘中轻盈闪烁。

温婉柔媚的白釉茶壶上，紫藤花在风中飞舞。《翰墨城》里悠扬自在的墨迹，象征着中世纪平安文化的凝练，渴望从时代的伟大中解放出来，向往个人的表现与完成。秋草群生的织染小袖（和服的一种），以天真淡雅的意象，吟咏自然生生不息的音韵。

日本艺术家擅长捕捉生命中稍纵即逝的美，以“复制”“贴上”的方式，来表达自然中的秩序及美。江户切子上重复环绕的纹饰，是宇宙宁静的和谐；落英凌乱的樱花，道尽了花落春犹在的惆怅；一道道翻腾的涡旋、一丛丛茂生的秋荻，都诉说着造物的细腻与壮阔。

在沉默中，我凝视，时间停止了。

18世纪的日本，正进入歌舞升平的荣华治世。荷兰人传入的文艺复兴与巴洛克艺术，来自大陆彼岸康雍乾盛世的绚烂多彩，都为江户文化注入蓬勃的生命力，形成新时代的风格。

江户琳派（Rinpa School）正是在如此的时空背景下诞生。

出身自京都高级和服布料商的尾形光琳，虽然不是贵族，年轻时也是位浪漫多金的五陵少年。从小就喜爱珍贵精致的工艺品，从俵屋宗达的彩绘屏风、古田织部的茶碗，到本阿弥光悦的书法手签等，无一不晓。长大后更通晓书画与能乐。

他在三十岁时继承大笔遗产后开始无度挥霍，追求人世各色附庸风雅的感官逸乐。就这样，十年过去了，家产耗尽，陷入破产的窘困。养尊处优惯了的尾形光琳，终于也要面对坐吃山空的凄凉。为了填饱肚子，才选择画师为业。

在光琳近二十年的艺术生涯中，深入研究狩野永德与俵屋宗达作品，把前半生的挥霍化成深厚笃实的美学感受，发挥在不同领域的艺术创作中：障壁屏风、团扇香包、漆器砚箱、书画笔墨……光琳在构图或配色上的天分与品位极佳，带有节制精细的风格，因此所完成的艺术品格调都极为时尚高雅。虽然艺术成就受到肯定，但光琳的眼界太高、品位太好，无法降低对生活品质的奢华享乐，所以依旧入不敷出。

中唐诗人孟郊一生失意落寞，常在饥寒交迫中苟延度日，所表现出来的文学风格也有种“霜洗水色尽”的清磊。19世纪巴比松画派名家米勒，日子过得兢业勤俭，刻苦简朴，他的作品自然也质朴含蓄。创作者的生活与个人的生活感受息息相关。光琳人生戏剧性的大起大落，让他的作品富贵唯美，开朗豁达。

有人说，具有数字概念及务实性格的人，关注账面上的曲线、数字，“美”所能带来的利润与附加价值，也可以被量化成实际买卖的价格。但对于醉心于“美”的人来说，“美”是一种边际效应极大的强势货币，代表人生的满足程度。

千金散尽的光琳，用“美”来偿还前世今生的风流债。

尾形光琳《红白梅》

MOA美术馆所收藏的《红白梅》，正是光琳美学淋漓尽致的挥洒。画家以工笔写实逼真地透过色彩、笔触和线条，表现老梅树皮的斑驳粗糙和细枝的柔嫩弹性，曲折扭转、张牙舞爪的树干枝条，对比了中间圆融舒畅的河川，让曲面与弧线拥有更多的想象空间。

我们会强烈感受到《红白梅》简单画面中散发出的气场，大胆而别致的架构表现，透过创意与设计，光琳巧妙地将不同元素结合起来，形成交响诗的视觉效果。如果把每个元素拆解开来，画面就失去了合唱与分部，光琳让画面中的每个存在相互应答，共谱属于线条和色彩的赋格与变奏。

我常把江户琳派的光琳和维也纳分离派的克林姆一起观照比较。两人的艺术都具有强烈的装饰性，独到的用色与构图，充满异国文化的艺术元素，总是给我们愉快的感官经验。

当然，更倾向美索不达米亚与拜占庭风的克林姆，构图具有建筑般的严密工整，而更多受中国宋明文化熏染的光琳，飘逸流动的线条具有强烈的南朝书法精神。在色块与线团的纠缠中，光琳脱离了形式的限制束缚，完成更简单真实的自我风格。在他的《燕子花图》里，像是被橡皮图章盖上去的鸢尾花，其实是光琳长期的凝视与张望中，将“美”的形体消除掉，所留下抽象的精神意涵。

具备轻妙、奢华、洗练、机智、敏锐等特质，光琳曾是京都最懂奢华悦乐的人，但终究成了真正的艺术家。

在MOA所感受的美，让我开始思考艺术的可能，也让我开始沉迷、研究日本文化的种种。日本艺术从平安时代到后现代，对于“美”都有深沉的耽溺与迷醉。紫式部、藤原道长、野野村仁清、本阿弥光悦、酒井抱一、河锅晓斋、夏目漱石、竹久梦二、芥川龙之介、太宰治、黑泽

尾形光琳《燕子花图》

明、三岛由纪夫、宫崎骏、千住博、草间弥生……每个人都代表着日本文化不同的面向，若是将所有人放在一起，就幻化成虚实相应、斑彩豹变的万花筒。

或许，你以为了解日本。

或许，我们离它太近。

在许多人都熟悉的版图中，我与她，走入陌生而迷人的艺术星空，一同分享生活与旅行的点点滴滴。每一次的出走，带回来的，是全新的感动与想法。

现在，让我们一同踏上旅程，探索绝对、真实的日本之美。

作者序

与你分享日本的美

李艾霖

旅行证件上满满的日本签证贴纸，日本海关人员一直翻着，一边看着我……

学生时期就多次前往日本自助旅行，但因为勇气不足，总是在几个大城市探险。这几年，探索日本成为我深陷而无法自拔的兴趣。

闲暇时，大量阅读日本的相关书籍，从漫画到旅游杂志，从日剧到历史小说。每一件事都能让我更了解日本，也让我们在旅途中发现更多的惊喜。

真的很幸运，除了东京皇居千鸟之渊的春樱，仲夏明媚的丹后半岛与富士山，深秋的西芳寺与东福寺的枫红……在2015年的新年，老天让我们遇见兼六园的雪化妆。

日本的四季，竟是如此美得让人目眩神迷。

我何其有幸，能与一位酷爱旅行的人成为伴侣。在每一次的旅途中，他都与我分享他所熟知的历史故事，带我去看像画中仙境般的美景名胜，介绍一件件精彩绝伦却鲜为人知的艺术品。

我多么希望，更多人可以和我一样，看见这些美景！

这本书，有我们在日本各地旅行的回忆，希望透过文字，能与读者分享这些难忘的日本风景！

目录

1

北陆——古代工艺的传承

金泽·越中·若狭湾

“过了国境长长的隧道后，就是雪国了。”

望着车窗外的朦胧流光，我轻轻地念出川端康成在小说《雪国》中的第一行字。

收音机里气象报道说，豪雪会集中在日本海侧，尤其是从福井县的岭北地区，一路绵延到东北青森县的津轻海峡，这些区域可能会因为豪雪而造成灾害。

此时的我们，正在舞鹤若狭自动车道上。

而新闻报道所说的区域，正是我们经过的路段。

庭园的初心——一乘谷

漫天飞雪凄迷了视线，放眼望去，世界只有黑与白。雪，扎扎实实地积淀在土地上，文明也裹覆成荒野。漂浮在这份至大、至寒的宁静中，凡是挺立的，都显得孤独而顽强，例如眼前的一乘谷朝仓氏遗迹。

位于福井县的一乘谷不算是热门景点，事实上即使在日本国内，知道的人也并不多。日本的中学生在科考时，总是会互相取笑：如果知道山口县的位置在哪里，在地理科就能满分；如果知道一乘谷朝仓氏是谁，那么历史老师就会让你高分过关。

15到16世纪中叶，朝仓氏是北陆越前地方最有力的守护大名。1467年应仁之乱的战火，焚毁了京都的宫台楼阁，烧尽了千年繁华，许多公卿、武家、商贾、学者为了躲避战乱，纷纷逃到日本海侧的三越地方（越前、越中与越后地方，大致上是今天的福井县、石川县、富山县与新潟县）。朝仓氏一乘谷接纳收容了这些流离难民，后来这批落难公卿为越前地方注入京都高雅时尚的文化活力，商业活动也迈向荣华高

一乘谷朝仓氏遗迹

峰，一切似乎都是那么风和日丽、理所当然。

不过应仁之乱所开启的战国时代，臣弑君、下克上的风气一开，偏安的朝仓氏再也不能苟且。在逐鹿问鼎的争霸中，朝仓氏第十一代当家义景，先是和以“天下布武”为目标的织田信长结盟，不久后又加入反织田势力的“信长包围网”。这究竟是愚昧还是义气，就留给史家去评论吧！突破包围网后的织田信长，先后讨灭背信破盟的势力，1573年8月16日，一乘谷之战后，朝仓义景在毫无外援的绝望之中兵败自杀。

义景自尽后，其遗族与家臣也纷纷被杀，愤恨难消的织田信长，一把火延烧了五天四夜，将一乘谷城的宫殿、庭园、城下町（商店街）毁成废墟，昔日京华沦为死城。那一夜的恨与怨有多深，走一趟遗迹资料馆就能明白。所有出土的破瓦残片，都浸透着一种欲语又止的墨色，多少人的呜咽与哀求，在那一夜，全都融成了憎恨的化石，沾附在一件又一件的文物之上。

许多年过去了，所有生活过、笑过也哭过的痕迹，深深地埋在豪雪之下。我下车，一个人踏着雨雪寒霜，来到遗迹的唐门前，窥探肃穆清寂的庭园。

吸引我前来的，不仅仅是战国群雄折戟沉沙的沧桑与风发。朝仓氏一乘谷城曾经是16世纪日本海侧最繁华的都城，制式与规模即使在现代也相当可观。在炼狱业火的末日过后，一乘谷被时间遗忘了四百年之久，直到1967年的考古挖掘，朝仓氏旧日的荣耀，才重新被世界所认识。

我在积雪与泥泞中奋力挣扎，一乘谷朝仓氏遗迹近在眼前。依序拜访，主要有四大部分：朝仓馆迹、南阳寺迹庭园、汤殿迹庭园与诹访馆迹庭园，虽然说是庭园，严格说来，全都是出土的考古遗址。

在寥落的一乘谷中，我见到了庭园的初心。

日本庭园根据风格形式，大致可分成池泉式、净土式、枯山水、露地、大名庭园与借景式庭园等几种类型。每种形式都有它特定的背景与思维，例如，来自中国的神仙思想，融合了日本原始的自然信仰，发展出池泉式庭园，水池中央的叠山，象征着蓬莱、方丈、瀛洲等三座仙山，无论是舟游或是洄游，都隐含着寻道修真的长生追求。事实与稗闻杂陈的史书《吾妻镜》中所写，源义经与静御前初遇的京都“神泉苑”，就是池泉式庭园的具体典范。

中世纪的平安时代，涅槃末法精神大盛，信仰阿弥陀如来，向往西方极乐净土成为显学，模拟曼荼罗幻方数列的空间意识也渗入庭园。名列世界文化遗产的平泉“毛越寺庭园”与宇治“平等院”，今天看来规模恢宏惊人，实际上现存的主体，只不过是净土当年式庭园佛国万象森列、会通有序的宇宙模型中的一小部分而已。

进入镰仓与室町时代，另一波汉化风潮带来了理学与禅宗思想。具象世界的一切，终究难逃成住坏空的劫数循环，形而上的追求才是内在永恒的风景，用以寓情寄托的池泉庭园，进一步超脱为物外的象征世界。“砂”与“岩”成为“水”的类比，是枯山水的基本元素。

在枯山水的世界中，几块石头由上而下的排列组合，可以是飞流直下的瀑布，也可以是涓流不息的江河大川，岩中反射辉芒的石英，则是水面闪动跳跃的粼粼波光。白砂的回纹，是文森特·凡·高笔下隆河畔熠熠生辉的星空，也是詹姆斯·库克航海日志中南太平洋汹涌的涡旋。作庭家以不动的砂、岩创造出恒久的流动意象世界。

枯山水突破了写实再现的局限，是庭园造景前卫且深具动态能量的抽象艺术。

一乘谷朝仓氏遗迹

日本最古老的花坛，就坐落在一乘谷的朝仓馆迹内。断垣残壁中，我想象着万紫千红的花丛。汤殿迹庭园是贵族风吕的片思断想，青石环绕的护岸，让我忆起春寒赐浴，侍儿扶起娇无力的华清池。诹访馆迹庭园令人屏息的石组，上下两段林泉遗迹，平淡天真，豪华至极的贵族庭园，桑田沧海后成为意境邈远的枯山水。日本著名庭园大师与艺术史家重森三铃，在拜访一乘谷朝仓氏遗迹后，深受启发与感动，京都东福寺的方丈庭园、瑞峰院的独坐庭、松尾大社的松风苑，都可以看见一乘谷的影子。

对于研究日式庭园的艺术史家来说，这里就像是巴比伦的空中花园一样让人感叹、激动不已。即使只是往日荣华的片羽吉光，对我来说，就已经心满意足。

须臾的歇停后，雪，又一阵阵飘下来了。

御食国，和食的精粹

在故宫博物院中，收藏着一幅有意思的画作。

画作的主角韩熙载，出身于潍州北海（山东），原来在后唐做事，父亲因事被诛后，韩熙载出奔江南，在南唐任官。从李昪（烈祖）、李璟（元宗）到李煜（后主），仕途还算顺遂。不过私底下，韩熙载生活不太检点，蓄有家妓宠妾四十多人，朝廷给他的薪水，回家后马上被姬妾们瓜分，一毛不剩。三餐不继时，韩熙载会穿上破衣，背着竹篓到姬妾们的住处乞食，一时之间引为笑谈。而且他还喜欢在姬妾前触摸访客的下体，议论生殖器的大小，实在不太端庄。

李后主有意拜他为相，不过听说韩熙载夸张荒诞的行径后，心里也拿不定主意，再怎么说，韩熙载也是三朝元老，公开质问显得太不给面子。我想，后主也是小孩子心性，大概很想知道他到底可以放纵到什么程度，于是就派画院待诏顾闳中到韩熙载家中卧底。回来后凭着目识心记，画下这幅著名的《韩熙载夜宴图》。

画轴总共分为五大部分，由右而左，记录了韩熙载夜宴的实况，段落之间，以屏风或帷幔相隔。按照晚宴的程序，依次为“听乐”“观舞”“歇息”“清吹”与“散宴”，图中头戴高帽，长髯凤眼，一会儿击鼓，一会儿持扇，姬妾端盆子服侍洗手的就是韩熙载。

也许，他知道面对险恶的政军情势，无力回天；也许，他看穿了李煜软弱无能，是一位扶不起的阿斗（李煜是中国文学史上最具才华的才子之一，但这和治国能力无关），落落寡合的韩熙载选择纵情酒色的方式逃避现实。不过，我们可以在笔墨之间发现，即使酒酣耳熟，一股忧国抑郁之情仍溢于言表。无论是羲之与朋友在兰亭曲水流觞，附庸风雅，还是像韩熙载如此夜夜笙歌，多半是借着“游”的手段，缓解愁闷疏离之情。

此外，《韩熙载夜宴图》也是研究历史的好题材。

像是在画作第一段“听乐”里，主人与宾客前都设有相同的宴会料理，图中所呈现的进餐方式与今日很不一样。目前在中华文化的辐射圈内，我们习惯合餐共桌，并非分餐分桌。追根究底，分餐制本来就是汉唐传统的进餐方式，直到元朝与清朝，受到北方游牧民族合桌共餐习惯的影响，中国人才逐渐适应在大桌上分享食物。

今天，朝鲜的韩定食与日本料理，依旧传承唐宋遗风。

分餐制存在的功能，在于区分出阶级与身份。《史记》中就记载着孟尝君的门客，怀疑主人吃得比客人好（合桌吃饭就不会有这种问

顾闳中《韩熙载夜宴图》

题），气得想杀人与自杀的故事。和食的分餐制，应该是公元7世纪“大化革新”时带进日本社会的。记录平安时代末期宫廷、公家日常生活的《年中行事绘卷》，公卿们所使用的“大飨”，和韩熙载在家请客所出的菜相去无几。

即使是庶民的日常料理，也有一定的形式，“一汁三菜”的形式从“大化革新”到今天都没改变。看看《病草纸》中《歯の揺らぐ男》（掉牙齿的男子）面前的摆盘就能了解，而木碗的色泽则透露出漆器的使用已经相当普及。

至于当时的营养如何，看看《病草纸》中的《肥满の女》（胖女人），就知道肥胖与荷尔蒙失调问题自古皆然。

若狭湾的小京都——小滨市

中世纪的日本，在“大化革新”后，走向中央集权的律令体制，在行政管理上则仿效中国。今天在日本行政地图上所看到的“都府道

县”，就是原封不动地将唐朝《唐律疏义》移植过去。例如，贞观元年（627），唐太宗就将中国从北到南划分成十道，到了唐玄宗开元二十一年（733），再细分成十五道。

孝德天皇也效法中国，将日本全境分成“五畿七道”，其中的“五畿”就是“近畿”，大概是今天大阪、京都、奈良及神户一带。而东海道、南海道、西海道、东山道、山阳道、山阴道与北陆道合称“七道”，指的是更广阔的行政区。“道”是由好几个“国”所组成，以北陆道为例，就包含了若狭、越前、加贺、能登、越中与越后等六国，约略为今天福井、石川、富山与新潟四县。“道”后来口语化为“地方”，北陆道就成了北陆地方。

每个“国”的最高行政官为“国司”，一直到平安时代结束，每个“国”对中央朝廷均有特别的义务与责任。例如，尾张国（爱知县西部）负责户口管理与屯仓，出云国（岛根县东部）负责祭祀神祇，纪伊国（和歌山县、三重县南部）负责朝廷外交。而北陆道的若狭国（福井县南部）、东海道的志摩国（三重县东部）以及南海道的淡路国（兵库

《年中行事绘卷》

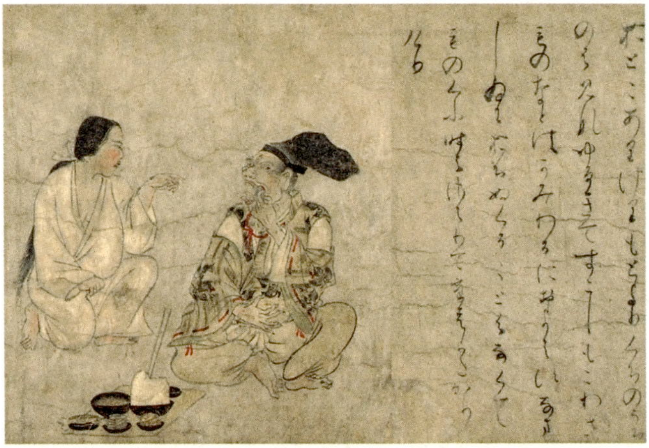

《病草纸·掉牙齿的男子》

《病草纸·胖女人》

县淡路岛、沼岛），则被称为“御食国”。顾名思义，御食国是向京都朝廷进贡“贽”（五谷杂粮以外的副食品）的指定产区。

而众多“御食国”中，又以若狭国最为重要。不为别的，中世纪日本与中国的政治外交、经贸往来、文化交流，都是以若狭国的小滨市为中转站，平安时代欣欣向荣，残留了些许盛唐北宋的文化风尚。也因为这些讲究，小滨被称为“海的奈良”（海のある奈良）。

从《年中行事绘卷》所描摹的大飨开始，日本料理延续中国古代分餐而食的形式，却在发展中独树一帜。属于紫式部《源氏物语》的诚言挚语，也属于梦枕貘《阴阳师》的镜花水月，平安时代的如烟过往，为大和文明装扮了底色，也为饮食文化订立了格律。

2013年12月4日，“和食：日本传统食文化”（Washoku: Traditional Dietary Cultures of the Japanese）列入联合国教科文组织（UNESCO）认定的世界非物质文化遗产（Intangible Cultural Heritage）时，大部分人的想法大概只停留在单纯的“料理”上。UNESCO在评定“和食”时认为，传统日本料理是“一套关于准备与享用食物及尊重自然的综合技巧、知识和传统，特别是在日本新年庆祝活动中，它会以一种特殊晚宴的形式出现，新鲜食材以精美的摆盘形式呈现出来。食物在家庭成员或各个团体间共享。关于和食的基本知识和技术，会通过一家人共同进餐而传承下来”。

日本料理不仅仅是料理手法，也包含了“器之用”与“心”的修炼。

举例来说，日本人用餐前后，一定会讲“いただきます”及“ごちそうさま”，中文大致上会翻译成“开动了”与“多谢招待”。实际上，这些口语也是在平安时代逐渐发展成形。无论是日本原始的神道信仰，还是中世纪形成规模的净土真宗，基本上属于泛灵论的观

点。无论花草树木，还是飞禽走兽，被人类料理成食物前，都必须先被剥夺生命。换句话说，生命通过牺牲，向人类的口腹布施，因此，每个人都应该要怀抱着感激之心对待食物。

这种称为“勿体无”的惜物爱物的精神，衍生自平安时代盛行的净土真宗，双手合十说出“いただきます”的感恩形式，有点像对食物说“阿弥陀佛”一样。而原意为“驰走”的“ごちそうさま”，则是对四处奔波张罗食材人士的感谢辞。

“勿体无”戒慎隆重的意念，同时也深入调理、用器、摆盘与餐桌礼仪中，构成了日本料理的基础——诚意正心。

若狭湾内的小滨，是座宁静奇妙的小城，在不经意的转角，会出其不意地被美国总统奥巴马的人形立牌、宣传气球、广告海报吓到。不为别的，小滨的读音就是“奥巴马”（Obama）。奥巴马在2008年总统大选获胜后和前任日本首相麻生太郎谈话时，也提到了小滨，并表示日后想要拜访。后来小滨市特别赠送奥巴马一件若狭传统工艺品，而这件古代工艺品代表日本，参加2015年以“Feeding the Planet, Energy for Life）（润养大地，泽被苍生）为主题的米兰世界博览会，它精致的设计与做工一直是皇室贵族的最爱，那就是“若狭涂”。

平安时代以后，餐桌上每人所使用的器具，会依照地位、年龄、辈分而有所不同。单单是筷子，官人与庶民使用的就有天壤之别。一般市井使用简单的木碗木箸，贵族豪商则使用尊贵的漆碗漆箸，其中级别最高的，非若狭涂莫属。

在若狭鲭街道靠海的所在，我找到了传统若狭涂职人的工房，室内陈列着各色的漆箸。中国传统的漆器工艺，以几何花卉图样的“菊尘涂”为主。江户时代初期庆长年间，小滨御用的漆涂职人松浦三十郎，

小滨随处可见的奥巴马人形立牌

若狭涂箸

将若狭湾的海底景观以抽象、寓意的方式表现，发展出前所未有的设计纹样，经过两个世代的发展后，在万治年间（1658～1661年）奠定了今日的艺术形式，称之为“矶草涂”。

若狭涂箸在深沉的静谧中，蕴含着近乎固执的刚毅。其中以抛光蛋壳、鲍螺扇贝与金银箔打磨的七彩纹饰，模拟大陆棚珊瑚、海草逐流随波的摇摆姿态。

我细细地品味若狭涂箸，不禁联想到古罗马诗人奥维德在《变形记》中，描写斩杀蛇发女妖、半人半神的传奇英雄帕修斯，在解救衣索比亚公主安朵美达（Andromeda）与母亲达娜厄（Danaë）后，如何处理美杜莎头颅的描述。奥维德写道：

将它藏匿到波塞冬的领域……为了不让粗砂损伤蛇发头颅，英雄铺了一床落叶，使地面柔软，再撒下水生植物的细小枝丫，然后将它脸孔朝地后，轻轻放下……

在那一秒钟，神奇的事发生了，这些柔嫩细软的水生植物，在接触到美杜莎石化一切的视线后，瞬间化成晶莹的珊瑚与剔透可人的水晶，在大海深处轻盈闪耀。

老师傅打开橱柜，端出了几双大正年间所制作的若狭涂箸，在扎实厚重的涂层下，泛着枯涩晦浊的“手泽”。日语则是使用“なれ”，来形容东西在经年累月的使用后，长时间低限度的耗损与手渍渗入器物所形成的自然质感。涂箸上精雕细磨的半宝石与珐琅，散发着温柔敦厚的神秘润泽，海上生明月的浪漫想象，自然而然在眼底涌现：

灭烛怜光满，披衣觉露滋。不堪盈手赠，还寝梦佳期。

——张九龄《望月怀远》

一双做工精致的涂箸，竟然让我无端生出了许多遐想。生活中的美，确实来自对“平凡”日久恒常的关注。

加贺百万石——金泽

金泽过去被称为“加贺百万石”，曾经是非常富裕的地方。它的另一个名号是“小京都”。“小京都”三字，也被应用在其他地方。明治维新之前，京都一直是传统日本的都城，也是文化最发达、各种传统产业发展程度最高的地方。这个概念延伸至日本各地，举凡当地产业经济、文化的发源地，人文最荟萃、最具有传统精神的城镇，往往就被称为当地的“小京都”。

作为小京都，金泽虽然不像京都那么华丽，但是可以感受到传统日本人与人之间的礼仪。日本的“传统之心”其实并不在京都，而是在北陆、在金泽。与日本人对话，就会知道连日本人也这样认为。京都已经是现代化的都市，虽然有很多很壮观的东西可以欣赏，但是想要看日本传统的、历史的那一面，还是要去金泽，慢慢体会金泽的生活感。

以金泽城为中心的加贺藩，从1581年前田利家移封七尾城开始，直到1869年前田庆宁版籍奉还为止，领有越中、加贺及能登三国的前田家，是北陆最具实力的外样大名，即使是江户的德川家也敬畏三分。

“加贺百万石”不仅仅是对治下丰饶富裕的具体统计，也是前田家支持精致文化的强大能量，更是史家对北陆地方美术工艺精粹洗练的衷心赞美。看过NHK大河剧《利家与松》的朋友，大概都对前田利家沉着内敛及坚定忍耐的性格印象深刻。

利家及他的儿子利长，把政治上的不如意，转为对文化的专注，振兴了地方工艺，也吸引了不少人才。尤其是在“江户的米开朗琪罗”本阿弥光悦拜访后，吸引了第一流的工匠与艺术家前来定居，开启了加贺藩在宽永时代的文艺复兴。

绚烂尊贵的九谷烧、风雅笃实的高冈铜器、流畅华美的友禅染、充满幻想色彩的若狭涂、细腻奢逸的加贺金箔……每项工艺都有自己的故事，不过最让我着迷的，却是另一项风格更为恬静的传统工艺——纸。

加贺温泉乡·和纸·花紫

距离金泽六十公里的加贺温泉乡，由小松市的粟津温泉、加贺市的片山津温泉、山代温泉与山中温泉组成，除了被称为“加贺四汤”外，也是“关西の奥座敷”（关西的后厅）。战国末期开始盛行的山中漆器，就是在山中温泉形成规模。

小说家朱少麟在《伤心咖啡店之歌》中透过吉儿说：

书分成二种，一种是消遣用或资讯用的，那种只要读到你想要的东西，比方说结局，就行了，读完了书也可以顺便丢掉；另一种是用来锻炼你的智慧，提供给你概念，这样的书不能当小说来读，要把它们当

作是一个跟你在对话中的老师，要一边读一边反问，一边思考自己是不是能理解，理解后是不是能接受。

作家黄国华则模仿少麟的语气，来叙述他对旅馆的看法：

旅馆分成二种，一种是消遣用或度假用的，那种只要找到你想要的东西，比方说美食，就行了，住过这家就去寻找下一家；另一种是用来沉淀你的时间，提供给你放空，这样的旅馆不能当作度假村来品尝，要把它们当作是一种帮你错置时空的装备，要一边住一边遗忘，遗忘那些自己不该带来与更不该留下的东西。

山中温泉的花紫，正如国华所说的：一个适合安静、沉淀与遗忘的所在。

当陌生人相遇，会发生什么事情呢？先是几秒钟的迟疑是否该相信对方。我们都知道相互猜忌的破坏力，如果彼此间多点信任，破坏将转为交流，当信任发展到一定阶段时，彼此的交流会将我们的创意与学习，带领到所有完美的可能性。

这段话是演奏家马友友在构思“丝绸之路”时所说的一段话。为了探索流动的边界，在这条东西交会的千年路途中，相互学习与成长，让声音不因地域之别而停滞，反而在其中找到共通的元素，滋长与扩张音乐的版图。

1999年，“丝绸之路”在东京歌剧城、大阪交响厅及纽约卡内基音乐厅（Carnegie Hall）巡回演出。为了塑造出亘古流长的时间感与广袤空间感的舞台场景，马友友邀请当年才三十七岁的堀木绘理子为舞台进行设计。出身于京都的堀木，使用手漉和纸，透过和纸的纤维、纹路、光线透析所产生的阴影与光点，呈现出丝绸之路苍莽困顿虚无浩渺的浪漫意境。

我记得在台下，即使是低价的偏远位置，仍强烈地感受到堀木绘理子为和纸赋予的深厚魅力。和纸能为过度明亮的空间带来低彩度的简单优雅，即使再浓烈的色彩，经过和纸的温存后也变得深沉妩媚。

后来我在不同的地方，见识到和纸的独特。意大利的佛罗伦萨，修复师用和纸吸附处理淀积在湿壁画上的污损；在法国的凡尔赛，工匠用和纸琢磨路易十四时期洛可可躺椅上的金箔；在墨西哥城市中心的主教座堂，建筑师用和纸取代暴力洗刷的方式，让黝黑陈旧的山墙立面重现初生的洁净无瑕。小时候，在家里所接触到的袋缀和装书，也是用和纸书写装帧。

我在京都北山的“美章堂”买过几卷书法用和纸，原来想要好好地写几个字，不过不知道为什么，阴错阳差都错过、忘记了，那卷纸就遗忘在角落好一阵子。后来在旅居澳洲时，不知道为什么也把它打包携走。那卷纸莫名其妙地陪我浪迹天涯，从伦敦、柏林、维也纳到威尼斯，这卷纸都放在我手边。四年后即将返台之前，某日福至心灵，将这些和纸裁成信笺大小，用书法写了些字，送给朋友作为临别礼物，也作为青春的告别。

只要接触过的朋友，都会被它柔和纯正的手感所吸引。2014年11月26日，联合国教科文组织审核通过，将“和纸・日本手漉和纸技术”列入非物质文化遗产。

花紫

堀木绘理子深深了解和纸的“轻”与“重”，会呼吸，能伸展也能收缩，当然，所设计出来的空间也具有相同的机能。除了被列入非物质文化遗产的石州半纸、美浓和纸与小川和纸外，其他地方的和纸制作技术也同样高明。堀川绘理子运用金泽市二俣町所出产、历史同样悠久的二俣和纸，为花紫打造一系列的和纸空间，门廊、茶室、和室，尤其餐厅的设计让我印象深刻。

以和纸取代隔板与墙围，让空间开阔明亮，具有侵略性的现代照明设备，在穿过不规则的和纸障壁时，光线变得更为柔软，具有弹性。我喜欢就这样，静静地待在和纸构筑的世界中，享受片刻清寂与淡泊。

深刻持久的明洁之美：兼六园

即使到了现代，旅行仍然不是一件容易的事。

明代文人潘耒在为朋友徐霞客的游记作序时，写下“无出尘之胸襟，不能赏会山水；无济胜之支体，不能搜剔幽秘；无闲旷之岁月，不能称性逍遥”的句子，生活在古代的除了极少数人，即使是贵族公卿，是不太有机会到远方旅行的。庭院园林，反映了人们对远方与自然的孺慕之情。

庭园是由建筑、山水、植株所组成的综合型艺术。造园家在叠山理水之后，要让游园的人们有“虽为人作，宛自天开”的心理感受。日本庭园历经池泉、净土、枯山水的发展后，再加上西方文艺复兴式的意大利美第奇庄园、法国罗亚尔河沿岸城堡的巴洛克花园，以及中国江南的园林，形成所谓的“大名庭园”。冈山的后乐园、水户的偕乐园与金泽的兼六园，全都是在江户时代所兴建的大名庭园，后来并称为“江户

兼六园

三大名园”。

虽然说庭院园林体现了人对自然之美的向往与模仿，但倘若只是单纯地复制与移植，并不能为我们带来喜悦与感动。庭园真正的价值，在于它将造物的惊奇与神秘，以象征性的语法表现。在庭院园林的世界，窗外的一树垂樱，是折枝尺幅；栖息在古木幽篁上的渡鸟，则是“枯藤、老树、昏鸦”的文学写意。只要人们愉悦地观看自然真正的细节，心灵的象征化本能，就会感受到这些关键细节非比寻常的强度。

兼六园的设计，本质上是对理想世界的真诚召唤，富含着对生活与身体的信任。“宏大”“幽邃”“人力”“苍古”“水泉”“眺望”具备的大名庭园，光是逛完一圈，就相当费时费力。也因为占地广大，兼六园以动观为主、静观为辅，游客停留拍照的时雨亭、雁行桥、唐崎松、徽轸灯笼，都是静观自得的游园胜景。我在不同的季节拜访过兼六园，烂漫春樱、苍郁夏树、绯艳秋霜，却难忘细雪妆艳的冬兼六。

一乘谷朝仓氏遗迹的庭园遗迹，满布历史的悼殇，即使是一草一木也透露着难耐的痛。山代温泉的旅馆“法师”，名造园家小堀远州以内敛谦退的禅宗格律，为半亩见方的组石庭园带来无限情趣。金泽兼六园的豪迈大器，则充盈武家名门的贵气。漫步其中，虽然别有情致，但说不上来，总觉得少了一点点什么。直到走入雪化妆后的兼六园，我才茅塞顿开。

兼六园的造景，起自于面向金泽城天守阁的斜坡，庭园肇建的初衷，是御用的“露地”（ろじ）。“露地”就是茶室庭园，向来以韬光养晦的清寂见长。后来经过几次扩建重修，虽然还是以小堀远州低限主义的庭园哲学为设计依归，但毕竟大名庭园与茶室露地的理念互有抵触。兼六园的美，就像是过度包装且小心翼翼的精品，雍容中略显做作。不过当大雪过后，所有的色彩、装饰都隐埋在纯白之下，天地间只剩下深刻持久的明洁之美。这才明白“浪漫”与“深刻”是不同层次的美。

浪漫之美让人心动，深刻之美则令人感动。

大部分的时候，“美”是剥去繁文缛节后的真实。而兼六园真正的美，反而是消抹一切之后的归零，庄严而神秘。

仿佛进入神圣的永恒。

美食·美人·美景

几年前开始迷恋京都，每年总要找个机会去，什么季节都好。

有天他说：“如果你喜欢京都，那么你该去金泽看看。在日本人心中，金泽才是最保有日本传统文化与工艺的地方。而且若狭湾自古即以‘御食国’著称，京都天皇的食材大都是从这里送过去的。这一带还有一个特色，就是‘加贺美女’。加贺地区的女人皮肤细致白嫩，和水质好有很大关系。”

位在金泽的兼六园是日本三大名园之一，于我而言，兼六园的雪景虽非那六种特色景观之一，却是最动人的景致。

在我们规划的路线上，有美食、美景，还有极负盛名的加贺温泉乡，这个行程真是太让人期待了！打开地图，以富山为起点，沿着海岸线一路向西，右手边是日本海美丽的海岸线，左手边则是被誉为“日本阿尔卑斯”的飞驒山脉。因合掌村而享誉国际的立山，就在富山往南行的深山之中。（山路难行，建议熟悉日本路况后再尝试挑战这一段。）

我们规划的北陆行程是从富山租车，直接往西至金泽，再一路往南，最后从名古屋离开。北陆的冬与夏，有着截然不同的两种面貌。冬季的北陆，有金泽的兼六园雪景、加贺温泉乡，以及日本海海鲜；而夏季的北陆，东寻坊和若狭湾都值得一看。夏季访北陆，可以先往北到能登半岛的轮岛。和仓温泉一带的千里滨海岸车道，是全日本唯一的沙滨公路，长约八百公里，可以开车尽情奔驰在细沙上。或是从富山往南进入飞驒山脉一访著名的合掌村，但风景优美的白山林道冬天并不开放汽车通行。

北陆保存了最传统的日本文化，不只是有形的遗迹，也包括手工艺品如漆器、陶瓷、和纸还有和食。在日本，为了让具有某种手工技艺的“职人”得以传承，设有“人间国宝”的资格认定。在名册中，几乎有一半都是出身北陆的老师傅。在旧日气息浓厚的北陆行走，感觉就像穿越时空回到古代。

靠近日本海的石川县和福井县，这一带捕获的松叶蟹自古就是梦幻食材。尤其是福井一带的松叶蟹（又称越前蟹），被誉为“冬季海鲜的王者”。每年十一月一解禁，不少爱蟹人士就会专程前往福井大啖越前蟹。品蟹绝对是冬季北陆旅行的一大重点。

梵·酒造

为了酒，我们特别开了一个多小时的车，去鲭江拜访“合资会社加藤吉平商店”，一家以酿造清酒闻名的酒造。这里有一款梦幻清酒，是十年熟成的酒，也有五年的，是天皇的御用酒。

我跟老板说：“我是特别为了你的酒从台湾来的。”没想到，我要

梵 · 酒造

买的十年熟成酒，必须在一年前预订，所以我只买到两年熟成的清酒。

我们要离开时，老板还特别追出来，送了我们一瓶气泡清酒，十分贴心。

八心集满，心愿成就

小滨位于琵琶湖北端，又称为“若狭的小京都”。这一带的物产，以前都是进贡给天皇的贡品。因为它的水特别干净，不论是米、蔬菜、渔获、贝类，所有食物都极为鲜美。从若狭湾还有一条直通京都的道路，称为“鲭通道”，用来进贡若狭湾捕获的新鲜海产。

小滨有几十座著名的古刹，包括神社（神道信仰的庙宇）、佛寺，以及两者混合的庙宇。比起宏伟壮观的京都，这里的庙宇和寺院的格局比较小，但是古朴苍劲。佛教就是从小滨传进日本的，所以有些寺庙的历史比京都的还要久远。在这么偏僻的地方盖这么多寺院，据说是因为古代的王亲贵族，包括天皇在内，要遥祭祖先的时候，就会来到小滨港。

在台湾，商店的集点活动相当风行；但是在小滨，竟然有寺庙的集点活动，换的是“心愿成就”。

他说：“集满八个寺庙的章戳，就可以换一个‘心愿成就’！”这八间寺院中，除了一间比较远，其中五间的距离很近，开车一天就可以逛完。

八百比丘尼

记得小时候看高桥留美子的“人鱼系列”漫画，故事叙述日本的

八百比丘尼遗址

人鱼

古老传说，如果吃了人鱼的肉没立刻死亡，会有两种结果：长生不老，或变成非常恐怖的妖怪。“八百比丘尼”其实是一个悲伤的故事，相传有个很漂亮的女孩偶然间吃了人鱼肉，不老不死，大家都把她当作妖怪，不敢接近她，她只能四处流浪，出家为尼，四处为人治病。等到她活了八百年，看透了世间的离散无常，便回到故乡，独自找了一个山洞入定坐化。

我一直以为这只是虚构的故事，没想到竟然会看到遗迹。这真是太不可思议了！

粟津温泉·法师

粟津温泉不像山中或山代温泉那样有名气，观光客较少，温泉旅馆也不多。但这里有一家非常特别的旅馆，吸引我前来一探究竟。

“法师”旅馆已有一千三百年历史，据说是金氏世界纪录中历史最久的温泉旅馆。日本的旅馆是文化与艺术的缩影，它悠久的历史让我十分好奇。

走进宽敞明亮的大厅，每一个细节都可以看出这家旅馆的历史感，却没有过时的摆设。

旅馆有着长长的走廊，许多角落都能见到雅致的庭园景观。整幢旅馆围绕着一座大庭院，庭院中有着巨大的雪吊松，还有高雅古朴的水池造景。

房间内的陈设刻镂着旅馆的悠久历史，却没有老旧不堪的设备，现代生活所需与古典的铺设并陈，一切却又如此和谐。待在这个空间里，仿佛是穿越时空回到过去，令人感到不可思议。

雪地开车要注意的事

由于北陆地区的道路有融雪用的喷水装置，日本人开车也很守规矩，因此冬季在日本开车并不困难。记得要在车上放一把雪铲，租车最好是租四轮驱动的车（大部分的车都是前轮驱动）。

我们在大雪中往加贺温泉乡前进。虽然一路上都有“豪雪”的警语，但北陆一带的道路是针对雪季设计的，只要有雪胎，冬天在北陆开车并不困难。

不可错过的北陆海鲜

从北陆一路往丹后方向，松叶蟹的品种有越前蟹、香箱蟹、间人蟹。越前蟹有分等级，最高等级的“全蟹”，蟹脚上会系着一个黄色的牌子。在福井，中大型的黄牌越前蟹，价格大约是两万多日币。松叶蟹有几种固定的食用方式：生食、蒸、天妇罗（炸）、烤、煮、杂炊。台湾人大多吃蒸的。日本人吃松叶蟹方式较为优雅，有几个小技巧，可以请餐厅的服务人员教你如何漂亮地剥出蟹肉来。

香箱蟹的特色在于蟹卵。它的味道难以准确形容，介于虾卵和鱼卵之间，是很微妙的滋味。在金泽可以品尝到好吃的香箱蟹。

除了螃蟹，富山萤乌贼也不可错过，它的口感绵密细致到会黏牙，仿佛刚刚从海里捕获般富有生命力，爽口、清脆又入口即化。除了炭烤，以腌渍方式制作的萤乌贼也非常好吃，到居酒屋一定要点来试试。

法师旅馆

本馆内所有的房间都看得到庭院，推开窗户站在阳台上，细数水中锦鲤，眼前的雪景又让我想起了兼六园。

“这间旅馆虽然历史悠久，却没有拆除旧有的咖啡厅与酒吧，这样的装潢应该有让人身在旧时代的错觉吧？”他说。

负责服务我们的内将（服务员）已经六十几岁了，但皮肤白里透红，十分细致，一举手一投足都充满女人味。加贺美女不论年纪，气质和外表都具有日本古典美。

山中温泉·花紫

一如台湾的温泉，泉源地往往是最早被利用的，通常会开辟成公共

蟋蟀桥

鹤仙溪

汤池，汤质最纯。山中温泉也是如此，称为“总汤”。

山中温泉一如其名，藏于深山环抱中，小小的蟋蟀桥跨越鹤仙溪，与蓊郁的森林互相映衬。鹤仙溪有“北陆第一”的美誉，尤其是秋天，整座山都是红叶。如果冬天来访，泡汤、赏雪、体验漆器制作，也是极致享受。而夏季的山中温泉，一如鞍马、鸭川，也都有川床料理可以体验。

川床料理起源于平安时期，因京都夏季酷热到让人食欲不振。于是他们想了一个办法，在溪边搭起矮棚，让公卿贵族们可以在溪流上一面乘凉一面吃饭，利用这天然的冷气消暑。在山中温泉，也可以享受鹤仙溪畔的川床料理，吃着当地的山产美食，感受着拂过林梢的清凉微风，眼前是一片层叠鲜嫩的青绿。

花紫旅馆所在的位置非常好，每个房间都可以观赏到鹤仙溪美景，顶楼的露天风吕更可眺望完整的溪谷。馆内空间融合了日式古典与现代的设计元素，花紫以时尚语汇呈现加贺百万石的华丽精美。

北陆这一带偏爱用金箔作为生活中的点缀。我很好奇，日本这个崇尚简朴、素雅的民族，会怎么诠释金色？

在金泽，我发现金箔不只用在食品、漆器上，还应用在许多不同的地方。而花紫则将此发挥得淋漓尽致，从旅馆的建筑本身开始，包括食物、室内设计、器皿，甚至用金箔装饰电梯门，都能做到不落俗套。

花紫的餐厅非常出名，除了料理十分精彩外，旅馆设计师灵活、大胆地运用和彩，更将和纸坚韧的特性展露至极限。整个餐厅的隔间和墙壁都是由和纸变化出的立体雕塑，配合柔和适中的灯光，以极简的元素展现出华丽的氛围，令人不得不惊叹日本人的美学底蕴。

花紫所使用的九谷烧器皿皆由当地名家制作，不但与食材做最完美的搭配，品尝美食佳肴的同时，也是一场视觉的飨宴。花紫的餐食十分

金泽必访景点

■金泽车站

为迎接北陆新干线开通，JR西日本重新打造金泽站，以现代语汇重新诠释日本传统建筑的元素，站体壮观宏伟，被评为“四百年后一定会被列入世界文化遗产的铁路车站”。日本人在做公共建设的规划时，思考都很长远，包括两三百年之后它的永续性与历史地位，这是台湾很缺乏的思维。

■黑门小路

北陆一带著名的手工艺品：漆器、瓷器、茶碗等各种传统工艺品全部都有，只要来到这里就可以一网打尽。另外还有清酒专门店。

■近江町鱼市场

在金泽，鱼市场是必访之地。来这里可以痛快品尝日本海海鲜，有些店要排队一小时以上。为了吃到一碗鲑鱼卵与海胆盖饭，我们排了近两小时的队，但真的好好吃！而且在金泽，许多料理都撒上金箔，连市场里卖的下酒菜也不例外。

■鸭肉治部煮

金泽的特色乡土料理，“治部煮”就是加了糖的勾芡汤汁。推荐到八兆屋试试，北陆的特色料理一应俱全，性价比很高。

■九谷陶艺村

位于小松机场附近，除了参观名家作品外，更是个九谷烧大采购的好地方。许多店内有一区写着“B级品”，直觉就是特价的瑕疵品，但我们找了半天都没有看到瑕疵。有些所谓的瑕疵，也不过就是盘部有如细沙般小的污点，价格却是正品的三折，和台湾传统市场卖的碗盘价格差不多。

金泽车站

金泽鱼市场盖饭

鸭肉治部煮

精致可口，烹煮调味不输给东京米其林餐厅。

九谷烧与山中漆器

选择在山中温泉落脚的另一个原因，是它的漆器和九谷烧。

和食的深奥之处，除了烹调的方式，也讲究食材与器皿的搭配。比方说，味噌汤都配红色或黑色的碗，就是要凸显汤的颜色。青色的盘子、白色的瓷器，也都有使用的规矩。不只是盛装菜肴的器皿，酒器与茶具也都是学问。

山中以漆器闻名，称为“山中涂”。以前不觉得使用漆器吃东西有什么特别，但比较后发现真的有差异。吃高级料理时体会尤其深刻。菜刚煮好上桌时最好吃，但随着时间流逝，温度的改变使得味道变差，用漆器盛装的食物，滋味特别鲜甜，而且可以保持食物的香气，即便冷了，也不会出现不新鲜的味道，这是我觉得最神奇的地方。

使用九谷烧搭配加贺野菜最有感触。加贺野菜非常新鲜，是我吃过最好吃的蔬菜。然而，再怎么好吃的蔬菜，如果搭配单一色调的盘子，招待客人都会显得有些寒酸。于是日本人就使用色泽华美的九谷烧与野菜搭配，品尝鲜甜野菜时，也同时享受了一场华丽的视觉飨宴。

雪中兼六园

抵达金泽的第一个行程，就是前往兼六园。兼六园四季皆美，最为人所称道的是冬季的雪景。

我们抵达时并没有下雪。景色虽美，但总觉得好像少了点什么。也

九谷烧

漆碗

法师餐点

许是先前过度期待，心里有种说不出的失落。我们默默祈祷，希望在金泽的这两天，能够遇上一场雪。

跨年夜里，我们在旅馆专注地看着电视上的红白歌合战。我向窗外瞥了一眼，惊呼：“你看！那白色的！”

他以为我看到什么怪东西，吓了一跳：“应该是月光吧？”

“不是！下雪了！”我说。推开窗，庭院中的石灯笼已覆盖了一层厚厚的雪。

“开始下雪了！明早我们再去兼六园，看雪吊松！”他说出我心里的话。

我们原本计划要去神社做新年参拜，既然下雪了，就改了行程去兼六园看雪景。新年这天是无料（免费）入园，所以人特别多。每个走进园内的人都惊呼一声，接着就安静地拍照，我也不例外。

站在昨日曾停驻过的水池前，眼前的银白天地让我心荡神驰，感觉自已脱离了现实世界：“好美！”

“这就是兼六园著名的‘雪化妆’。”他说。

下雪之后，天地就转换成另外一个世界，极致宁静的世界。松树与枯枝上积满了绵雪，看起来像是棉花糖树，天空则是另一种层次的灰白。如果不是眼前往来的人们身上穿戴着颜色，这世界仿佛黑白电影一般，没有任何色彩，任何声响都会破坏这份宁静的美感。

他说，下雪的声音就像玉碎。随着大片的雪花落下，碰触到衣服或脸庞的瞬间，我仿佛听见了微小的破碎声：“嗖”。雪花在触及万物的瞬间，化开了去。那样清雅悦耳的声响，只有在静默中才能够听见。

粉雪装饰后的兼六园，仿佛变成一位风华绝代的美女，每一个角度，每一个细节，都让人舍不得将目光移开。我像从来没看过雪似的，

如何选择温泉旅馆？

很多人都说，日本的温泉旅馆多到让人眼花缭乱，要怎么挑选呢？日式旅馆可分几大类别：通常可依两个原则进行：

一温泉名宿　例如：指宿・白水馆

二料理名宿　例如：间人炭平

三建筑名宿　例如：唐津・洋洋阁道后馆

四景观名宿　例如：玄妙庵

五历史名宿　例如：粟津法师

六顶级名宿　例如：加贺屋・俵屋

面对这么多选择，先问自己“最想要的是什么”，是美食，还是景观？“一路东瀛”的网站非常方便好用，在选择旅馆时，可以从旅馆精选的页面上轻松找到著名旅馆资料。

小小提醒：在日本，举凡远离都会的区域，中小型的传统旅馆，内将通常都不会讲英文，要有心理准备。不过即使语言不通，他们依然能非常完美地提供服务，这就是日本人贴心、细心的地方。

任性地在雪中站了两个小时。突然一阵雷声传来，天上降下了大雨，人潮瞬间散去。

我们走到著名的时雨亭，进去躲雨前，门口的老先生拿着竹刷将我们身上的残雪一一拍落。

啊，因为里面都是榻榻米，担心会弄湿吧！

我们脱了鞋，走进铺满榻榻米的空间，找了一处角落，静静凝望时雨亭庭院的雪景。在时雨亭内，众人屏息，沉浸于惊人的天地大美之中。

建议行程

第1天

富山～金泽

第2天

金泽（冬）、轮岛（夏）～加贺

第3天

加贺（山中、山代、粟津）

第4天

福井县与小滨市

第5天

福井～名古屋

2

四国·濑户内——故事中的山与海

宫岛·鸣门·金比罗

1960年代，正是二战后经济复苏、意气风发的“所得倍增计划”时代。人们走出了战败的消沉低迷，迎接歌舞升平的“昭和元禄”。

“元禄”指的是江户时代中期的“元禄”年间，以天皇、贵族、公卿为中心所发展出来的精致文化，具有浓厚的庶民特色是其核心精神，是一种上行下效的艺术风潮，文学、哲学、科学、工艺……无所不包。昭和三十年后经济快速成长。电视机、洗衣机、电冰箱进驻到每一个家庭，我们所熟悉的日本国民文化，也在这个时期遍地开花，所以这段经济与人文的复兴，被后世称为“昭和元禄”。

漫画家有手塚治虫、藤子不二雄、水木茂、长谷川钉子与赤塚不二夫；在映画界有小津安二郎、沟口健二、黑泽明、“特摄之王”丹谷英二、市川崑、大岛渚；流行音乐有美空云雀、渥清美、石原裕次郎；职业棒球、摔角、大相扑跃上新闻头条；东京铁塔、东海道新干线、名神高速公路、东京奥运、日本万国博览会、小田急百货开幕。日本向世界宣告：“我们回来了！”

昭和元禄文化，充满自信，高调昂扬，每个人都相信“やれば出来る”——只要实践就能成功。如此的社会价值观，奇特地反映在另一个领域，那就是登山运动。

为了山，造访四国

著名的散文家与登山家深田久弥从北海道到南九州，走访大大小小不同的险岳高岭，最后，依据山的品格、历史与个性，精心挑选出一百座山岳。1964年7月，新潮社将深田久弥的随笔结集成册，今天，《日本百名山》仍深深地影响亚洲的登山运动。台湾登山界的“百岳”，当然也有“百名山”的影子。

在《日本百名山》中，德岛县的剑山与爱媛县的石槌山，是四国入选的两座名峰。前者在古代创世神话中占有一席之地，后者在修验道信仰里成为重要灵场。

所以，第一次造访四国，就是为了山。

年少时，对山岳攀登运动无比狂热。在台湾完成百岳之后，便将目光投射到海外，从喀喇昆仑到安第斯，我都曾背着行囊，尝试用自己的方式，一步一步地攀登造访。在完成枪穗高连峰纵走与富士山后，一个人搭上夜行巴士，二十四小时之后，站在标高1955米的剑山三角点，远眺想象中的濑户内海。

后来几次的四国纪行，走访了弘法大师的八十八箇所、追寻坂本龙马、夏目漱石与正冈子规的足迹。四国，对我来说，是一座时间驻足流连的记忆之岛。

严岛神社——独一无二的存在

1300年前，白居易在飘零颠沛的旅次中，留下了“琴诗酒伴皆抛我，雪月花时最忆君”的动人诗句。百年之后，乐天诗中的“雪月花”，成为和式美学中耽溺的追求，日本三大名园，就是雪中的兼六园、月下的后乐园、红花霜叶的偕乐园。不过提到“雪月花”，最著名的，还是传世已久的“日本三景”。

宽永二十年八月十三日，著名的儒学家林春斋在《日本国事迹考》中，写下“松岛，此岛之外有小岛若干，殆如盆池月波之景、境致之佳，与丹后天桥立、安艺严为三处奇观”。这是古代文献中，第一次将松岛、

歌川广重《日本三景图》

天桥立、严岛神社列为奇观。差不多又过了半个世纪，著名的本草学者贝原益轩在拜访天桥立之后，也在《己巳纪行》中写下了“日本三景”的词汇。

此后的三百年，“日本三景”成为旅行者心中一定要造访的名胜。《古今和歌集》、《百人一首》、《后拾遗集》、《枕草子》、俳圣松尾芭蕉、独眼英豪伊达政宗、位极人臣的平清盛、浮世绘画师歌川广重，都曾经以不同的方式见证三景亘古恒新的唯美风情。

对我而言，三景所代表的，是南宋晚明的中国美学过渡转化到东洋后，引领日本文人以“诗”与“禅”为出发点，重新理解与体悟自然之美的精神原乡。

走入三景，就踏入大和美学的核心。

日本歌手水森香织的歌曲《安芸の宫岛》这样唱道：

独自踏上旅程女人的背影
看起来是否像在哭泣
无论心中如何爱你
总有一天两心不再相应
安艺的宫岛红色的鸟居
胸中的痛楚希望你知晓
……

这首歌，为濑户内海的风景平添了几分哀戚惆怅。不过我总觉得，三景之中，严岛神社最为艳丽，也最贵气。1825年歌川国贞的浮

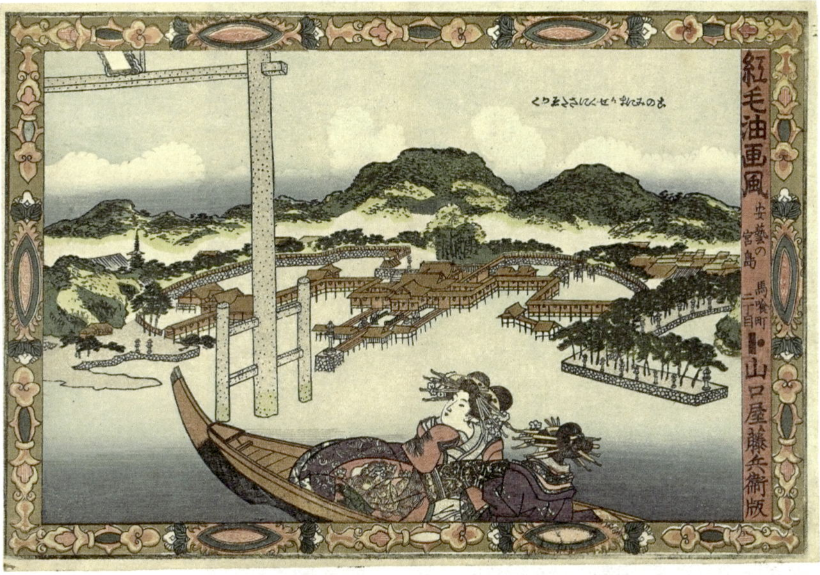

歌川国贞《红毛油画风 · 安芸の宫岛》

严岛神社

世绘名作《红毛油画风・安芸の宫岛》，就画着两名精心装扮的艺伎，乘着轻舟，摇曳至海中红色鸟居前。

对于喜爱古代建筑的我来说，神社，是感受自然崇拜与原始信仰的最佳场所。在神社建筑源远流长的演变中，发展出五种最核心的基本样式，称为“造”，分别是：造型简洁庄严的“神明造”；古朴典雅，类似古民居的“大社造”；具有强烈唐风的“春日造”；前檐当优美延伸的“流造”；与神社内部切割成前后两区，外缘则环绕着低矮朱栏的“住吉造”。而这五种形式，和唐宋建筑有密不可分的关联。

单就建筑来说，严岛神社本身就是独一无二的存在。九百年前，来自中国的建筑风格，在严岛神社融入当地的传统形式，可以说是最成功，也最优美的经典范例。

今天我们看见的严岛神社，是平安时代末期权倾天下的平清盛扩建而成。根据平清盛的想法，神的存在凌驾世间一切之上，即使是神的住所，也不应该“因地制宜”。所以，严岛神社的样式，完全突破了安艺湾天然轮廓的限制，不顾工程的困难与台风、潮汐经年累月可能的伤害，任性地在海上自顾自地增建神社，却因此呈现出某种既冲突又融合的超现实之美。

每位经由海路拜访严岛神社的旅人，一定都有相同的错觉，像是民间传说中的浦岛太郎一样，进入琳琅华美的龙宫宝殿。在这里，所有的一切都有可能实现，旅行者将自己小小的祈愿寄托潮信，希望天地之间有情的众神，能倾听我们微不足道的心事。

日本文化基本形式：序、破、急与残心

有一件很奇怪的事，我是从伦敦亚非学院“日本研究”课程踏入

东洋美术殿堂的。

记得开学的第三周，课程是日本雅乐。雅乐源自上古时期的中原地区，相对于民间娱乐性、游戏性较强的“俗乐”，儒家把雅乐奉为最高典范，认为它的乐音“中正和平”，歌词“典雅纯正”，上古时期将这些音乐编辑收录在《礼记》与《诗经》，尤其是“大雅”“小雅”和“三颂”中。雅乐在宫廷祭祀、朝贺与宴飨时使用。周公旦制礼作乐的“乐”，孔子感叹礼崩乐坏的“乐”，指的都是雅乐。

孔子很讨厌宫廷的饮酒作乐、唱歌跳舞的流行音乐，如果他老人家今天在世，一定会把K-POP或碧昂丝称作“靡靡之音”。不过到底哪个受欢迎，魏文侯告诉子夏说：“吾端冕而听古乐，则唯恐卧，听郑卫之音，则不知倦。”意思是“我正襟危坐地听雅乐，不过实在是太闷了，很怕一不小心就趴下去睡着，不过当我听流行歌曲时，却怎样也不会累”。所以听古典音乐会打瞌睡，也不是一天两天的事。

正因为这种“靡靡之音”不够端庄，上不了厅堂，进不了庙堂，也不会收录在《诗经》或《礼记》中，自然难登“大雅”之堂。

虽然孔子他老人家大力提倡雅乐，疾呼“恶紫之夺朱也，恶郑声之乱雅乐也，恶利口之覆邦家者”，无论俗艳的配色、动感十足的流行舞曲或是胡说八道的名嘴，也改变不了普罗大众的喜好与媚俗，随着时间推移，雅乐也逐渐凋零。

回到课堂，我接触的第一首雅乐，是现代作曲家武满彻与伶乐舍合作的《秋庭歌一具》。老实说，乍听之下，并没有“三月不知肉味”的感动，倒是对聆听后的曲式分析印象深刻。

雅乐有“序、破、急”三段形式：“序”是开端，乐音舒缓自由，以“无拍子”及低速度进行，太鼓则以节奏支撑乐曲；“破”是主旋律的加入，叙事或抒情成为主题，节奏清晰，但速度仍维持在慢板；最后则是“急”，速度加快，节奏更加强烈明朗，音乐在情绪的最高潮结束，只留下绕梁余韵让人回味。

“序、破、急”三段形式，类似西方剧场“设定、对立、解决”的“三幕构成”（Three-actstructure）。不过我个人感觉更像是古典音乐中“呈示、发展、再现”（Introduction & Exposition, Development, Recapitulation）的奏鸣曲式（Sonataform）。有些作曲家会觉得乐曲在“呈示、发展、再现”后，仍不太够，于是加入“尾奏”（Coda），让情感更饱和，而且更让人感觉意犹未尽。雅乐也有尾奏，称为“残心”。

“残心”代表了当源源不绝的意念与动作结束时，也要将余韵投向遥远的未来。白居易“天长地久有时尽，此恨绵绵无绝期”就是《长恨歌》的残心。

“序、破、急”与“残心”不仅是雅乐的原始格律，也构筑了日本文化的基本形式。从能乐、连歌、蹴鞠、香道、歌舞伎、净琉璃、相扑、剑术、柔道、合气道到艺术理论，都应用到了“序、破、急”的格式。

歌舞伎名作《藤娘》，讲述紫藤花精幻化成人，追求爱情的传奇故事。开场时舞台一片漆黑，歌声在幽暗中缓缓漾出，紧接着漫天花瓣中，藤娘现身，在熏风中与飞花共舞，营造出唯美绝伦的梦幻氛围，这是“序”。接下来，藤娘与凡间男子相遇，共谱恋曲，直到被负心人抛弃，满怀悲愤怨怼之情，这是“破”。最后藤娘回到花丛中独舞，化成一道轻烟，消失在茫茫人海，这是“急”。而空无一物的舞台仍回荡着哀凄的长叹，让观众沉浸在藤娘的纯情与感伤中，这是“残心”。

茶道中的“拭”也是如此。茶道师向客人作礼后，按一定的方式折叠袱纱，象征性抹拭茶器及茶杓，表示净化。首先以舒缓的速度用袱纱轻拭茶碗边内缘，这是“序”；然后微微加强力道擦拭茶碗外侧，表示用心，这是“破”；最后师范稍稍加快速度用袱纱拭过茶碗底部，这是“急”；利落地收束动作，留一份“残心”，准备进入下一阶段。

我曾在严岛神社的高舞台，近距离欣赏过雅乐《陵王入阵曲》。陵王就是以五百骑突破洛阳围城，“音容兼美”的兰陵王高长恭。高长恭的故事一向为人津津乐道，陵王破阵的故事先被写入民间音乐，然后传入宫廷，隋文帝大业年间晋升为雅乐曲目。到了初唐，遣唐使将《陵王入阵曲》带至日本，并将原来的沙陀调改成日本传统的壱越调。兰陵王被内化成日本律典的一部分，宫廷禁内的重大仪式、宗教祭祀的年中行事，《陵王入阵曲》都是独舞曲目。

时间来到平安末期，严岛神社受到平氏一族的尊崇。一手打造武家政权的平清盛，在担任安艺守期间，每年六月十七日的“管弦祭”，平清盛本人就会粉墨登场，以兰陵王的姿态演出《陵王入阵曲》。

在开端的“序”，身着朱红战袍，头戴面具，手持短棒，缓缓步上舞台，巡场，要把兰陵王（或是平清盛）不可一世的气势展现出来。紧接着兰陵王以豪迈激动的步伐、跳跃，与至刚至阳的肢体挥洒，表现邙山之役智勇过人、大开大阖的战争气势。这是“破”。大战过后睥睨群雄，至阳至刚的焕发英姿，这是“急”。不过在最后，兰陵王高长恭毕竟还是凡人，面对生命现实，要懂得谦卑退让，敬天爱民，这是“残心”。

平清盛喜欢兰陵王，也熟悉《陵王入阵曲》的典故由来，却忽略了天道循环的真理。平清盛在保元之乱（1156年）的政争中赢得后白河天皇的信赖，后来又在平治之乱（1159年）打败了源义朝巩固的地

《陵王入阵曲》

《陵王入阵图》

平清盛坐像

位。接着升任太政大臣，隔年出家，女儿平德子嫁给高仓天皇成为皇后，开创了夸称“没有平氏，其他人就没法生存”的辉煌时代。但平氏的独裁逐渐引起贵族、僧人、武士的反对，动乱也由此而生。

平清盛与后白河法皇的对立，再加上他逼迫女婿高仓天皇退位，拥立自己外孙安德天皇即位，以“相国入道”（和尚宰相）权倾一时。不过平清盛也知道，现世所有的政治成就都来自他个人的强悍性格与卓越政治才能，平氏其他人都过于平凡庸碌，所以他积极建立以平氏为中心的武家政权，打造体制，却不幸于1181年死于热病。

三年后的坛之浦战役，平家被源氏灭门，从此退出历史舞台，消失在山野之间。而源氏当家源赖朝，依据平清盛的政治设计，开创奠定了历经镰仓、室町、江户七百年的武家政权。

京都洛东的六波罗蜜寺，收藏着创作于镰仓幕府（1185～1333年）中期的平清盛坐像。这尊坐像的制作者是谁并不清楚，但他根据《平家物语》的记述，从坐相、眼神到姿态，将平清盛目空一切、倨傲轻慢的神韵栩栩生动地表现出来。

“序、破、急”与“残心”，是艺术形式的原则，我想，也是日本文化对自然韵律的感悟。从中国的二十四节气到日本的七十二候，“春耕、夏耘、秋收、冬藏”的季节往复，也隐含了“序、破、急、残心”的基本格律。

回到严岛神社，在建筑结构与空间布局上，当然也维持着“序、破、急”三段格式。

从本岛搭乘摆渡船，缓缓进入濑户内海，最后穿过朱红的鸟居，这是“序”；登岸后，踏着海面映射进神社的波光，走入清寂深幽的长廊，来到本社的拜殿与临海的“高舞台”，这是“破”；离开本社后，从左方继续前行，回廊不再是直角曲折，而是以抛物线逐渐脱离主建筑群，这是“急”。而严岛神社后方弥山的参拜道，则是宫岛之旅的“残心”。

不过我想，大部分人离开严岛神社后不上弥山，会选择越过宫岛町商店街购物和吃东西，21世纪的悲哀，就是消费取代了艺术，成为现代旅游的“残心”与“残念”。

幻想与写实交错——金刀比罗宫书院典藏

金刀比罗宫真正吸引我的，不是琴平山登高望远的辽阔，而是藏于书院中罕为人知的艺术珍品。

18世纪，正是西欧巴洛克时代，以及大清帝国康雍乾盛世与江户宽永元禄文化时期，瑰丽秀雅的艺术风格无论在何时何处，都受到热烈欢迎。在日本，现代绘画的风格与技巧在富裕承平中悄悄茁壮。伊藤若冲、曾我萧白、长泽芦雪、圆山应举，将东洋艺术带入幻想与写实交错的奇特领域，金刀比罗宫书院中的典藏，就透露出这样的讯息。

我曾经在城崎温泉的大乘寺与圆山应举有过短暂交会。绘制于“山水之间”的障壁画，透过二维的线条描摹与三次元的深度透视，在咫尺见方，邀请看画的我们进入异样的山水空间：孤松、小桥、浮岛，以及远方叆叇氤氲的雾气，铺陈出轻舟浩渺的惬意，不知不觉就跌入画中，无法忘怀。

1787年与1794年，先后两次，圆山应举远从京都来到金刀比罗宫，留下客殿四间表现风格迥异，从淡泊到威严的装饰水墨：《鹤之间》《虎之间》《七贤之间》与《山水之间》。我特别喜欢圆山的《虎之间》中，在深涧饮水的猛虎父子，在画中，无论是右方霸气生风的虎

金刀比罗宫 书院——圆山应举《山水之间》

金刀比罗宫 书院——圆山应举《七贤之间》

金刀比罗宫 书院——圆山应举《虎之间》

父，或是略显稚拙的虎子，不仅讨喜，也带着万兽之王的威严。

东山魁夷濑户内美术馆

濑户内海旁，有一座充满着诗情与浪漫的所在，黏接着旧时代与新世界的破口，在驱车前往的路上，我不禁跌进回忆之中。

那年的第一场雪，轻轻地落在东山的鸭川左岸。

萧瑟凄寒的北风，扫过细雪飞舞的街道，花见小路、白川南通的行人，早已不见踪影。游离的冷空气，夹带着沉秘无语的沧桑。

走在大文字山僻静的小径上，最能感受其中的幽秘淡漠。路的尽头，有一处小小的平台，刚好，可以远眺京都的天际线。

初雪绵绵地在空中洒落，屋瓦、篷顶，全都笼罩在静默里。时间缓缓地流动，最后，停留在苍白的永恒之中。脑海中，刹那的美，从遗忘的角落浮现；记忆里，充满悬念与哀思的美，和眼前的景致如此的契合。

时间回到1968年，川端康成告诉东山魁夷，希望他能够用自己的方式，为京都的美留下永恒的见证。画家将文学家的建议放在心里，那年的冬天，东山魁夷“京洛四季”系列中的《年暮》，诚挚地将京都的浪漫与悲绪描摹下来。

《年暮》，在君问归期未有期的漂流中，触动我内心最深的乡愁。

东山不仅是日本近代画坛的祭酒，和川端康成、横光利一、中河哀秋一样，在文学创作属于二战后蔚为风潮的“新感觉派”。“新感觉派”强调艺术以主观感觉为核心，剥除外在表象的种种虚假，否定客观，以“新的感觉”表现自我、感受世界。

多年前，偶然读到东山所写的《一片叶子》，贴近存在主义式的

东山魁夷《年暮》

“唯我”笔触，将一片落叶的前世今生、脉络纹理，从季节更迭到哲学思辨，描写得悱恻缠绵。透过东山的文字与绘画，让人与“自然”在百转千回后久别重逢，令年少的我沉醉不已。

东山魁夷濑户内美术馆，就坐落在工业区外缘，濑户内大桥下一个奇妙的所在。建筑本体不算大，却给我一种亲切的感受，映照着内海闪耀的粼粼波光，现场从外到内，洋溢着《万叶集》式的古典情怀。

就风景画的角度来看，东山绝对是世界级的大师。出身于明治末期开放繁华的横滨，从青少年时期就对西方写实主义有高度理解。1930年代，东山魁夷选择一条艰难崎岖的艺术之路——前往德国研究绘画。对于日本美术界而言，冷冽的北欧风格当时还没有进入日本主流，根据东山自己的说法：

与其说是高雅，我的心境更为素朴……比起放任情感，我更倾向谨慎节制……

在柏林留学时期，东山魁夷接受18世纪浪漫主义的熏陶，尤其对卡斯柏·大卫·菲德烈希（Caspar David Friedrich）情有独钟。菲德烈希擅长捕捉大自然阴郁雄浑的崇高之美，高山、大海、荒原、废墟，在静穆寂寥中，画家看见庄严与永恒。东山与菲德烈希的艺术观点，可说是一拍即合，浪漫主义的伟岸进入东山魁夷的世界，终其一生，他的画是一幕又一幕苍凉的独白。欣赏东山的画，就像在大自然中踽踽独行。

东山魁夷也曾先后三次造访中国，足迹踏过黄山、桂林及丝路。东方山水浸润着画家无限渴求的内心。后来画家为唐招提寺所绘制的障壁画《扬州熏风》《黄山晓云》《桂林月宵》《涛声》，都是用中国水

卡斯柏·大卫·菲德烈希《浓雾中的巨峰》

东山魁夷《绿山》

东山魁夷《秋山》

东山魁夷《月宵》

东山魁夷《月夜》

墨来呈现流转无常的生命真实。

就这样，东山徘徊在文明交会的十字街头，以东方审视西方，再以西方观照东方，融合西方浪漫主义的写实与东方水墨的诗意追求，创作出一幅又一幅动人作品。在《桂林月宵》中，望月的清辉洒满大地，地平线的尽头氤氲着迷蒙诗意；在《松庭》里，色彩晕染成对生命的喜悦；1952年的《绿溪》，高雅蕴藉的苍碧，让寻常的野溪林木，诉说知命乐天的禅思哲理；而另一幅作品《朝之内海》，沐浴在晨光中的濑户内海，勾起我们心中淡淡的乡愁。

东山魁夷的艺术之美，在于以西方技法道出“幽玄”与“物哀”等和式美学的纯粹极致，细细品味在绚烂之后的平淡，在物是人非的风霜之后，低回在内心底层对生命最深的依恋。

鸣门涡潮——凡人对大自然的敬畏

连接播磨滩与伊予水道，鸣门涡潮可说是无人不晓。在浮世绘画集《六十余州名所图会·鸣门的风波》中，歌川广重把湍急的涡流幻化成《圣经》中毁天灭世的末日惊涛，在骇人情景中注入凡人对大自然的敬畏。

不过我个人最喜爱的，还是奥村土牛笔下的涡潮。

生于1889年的奥村土牛，被艺术界誉为“近代日本画坛第一人”，擅长以微妙的色彩描写自然景致，营造幽远却充满灵动的艺想世界。雕塑家罗丹曾经说过：“我唯一的野心，就是对于自然的卑顺忠实。”奥村土牛的创作，可以说充分表达出罗丹的艺术观。

1959年的《鸣门》，正是土牛艺术成熟圆融的精彩之作，漩涡的视觉冲击，沉潜为内心风景的写照，波涛中的白浪，像是大气中流动的

歌川广重《鸣门的风波》

奥村土牛《鸣门》

云彩。土牛将隆隆作声的涡潮变成静谧无声的天光，恐惧虚化成诗。我看着脚下翻腾的涡旋，内心从人生若只如初见的激动，慢慢平复。这是土牛在鸣门感受到的一切，如今，我也领会了。

坂上之云博物馆

1968年4月22日，在《产经新闻》晚报上，开始长达四年半的长篇连载，作者司马辽太郎擅长融合事实与虚构，裁切剪贴历史素材，以引人入胜的个人视角，将生涩冷硬的历史化为让人爱不释卷的生动故事。这部以明治日本为舞台的历史小说《上之云》，以正冈子规、秋山真之与秋山好古为主角，以人物侧写大时代的变动。

与作家夏目漱石、尾崎红叶、山田美纱有深厚交情的正冈子规，是明治时代的文学宗匠，尤其在俳句上的成就斐然，改变了近代俳句的格律与形式，为古老的文学注入清新能量。同时，子规也是日本引进棒球运动的第一人，他翻译棒球运动的汉字术语如“打者”“好球”“三垒手”“跑者”“高飞球”……一直沿用至今，2002年以诗人的身份进入名人堂，算是特例。尽管文采飞扬，子规的身体却不太好，曾经随军采访中日甲午战争，返国时在轮船上咯血，后来证实是肺结核，随着病情加剧，三十四岁就英年早逝。

《上之云》的另一位主角秋山真之，也是子规的童年好友，曾经以参谋身份加入海军大将东乡平八郎所率领的联合舰队，参加改变近代史的日俄战争，在迎击波罗的海舰队的关键性决策上有突出表现。东乡在战争前后，都给予真之极高评价。

而真之的兄长秋山好古，则以陆军骑兵的身份追随陆军大将大山

坂上之云博物馆（外观）

坂上之云博物馆（内部）

岩参加甲午及日俄战争，在奉天会战中击败19世纪末号称“地表最强”的哥萨克骑兵团一战成名。秋山好古将传统普鲁士骑兵组织与法兰西骑术结合，打造出全新的战术形态，因此也被称为“日本骑兵之父”。

松山城下由安藤忠雄设计、隐身于浓林深阴中的坂上之云博物馆，就是以小说为主轴，叙述出身伊予的风云男儿与时代故事的建筑空间。我个人喜欢用博物馆说故事的概念。基本上，安藤忠雄将司马辽太郎的小说文字化为清水模纪念碑，明亮、宜人，虽然强调博物馆造型取象自乘风破浪、蓄势待发的战舰，不过室内空间紊乱，设计得有点无趣，这是一大败笔。

尽管如此，我喜欢博物馆对明治历史严正的态度：小说的归小说，关于史实的陈列井然而不随便（毕竟我们都看过太多马虎的博物馆）。

对于我这个历史控而言，吸引人的，终究还是历史。

神秘、独特的四国

善用多航点，行程更丰富

在电影《死国》中，四国是个充满神秘咒术与传说的地方，仿佛隔绝于日本的其他地区，具有独特的风土民情。因为离本州较远，自古以来，不只是文化和信仰与本州不尽相同，地理位置的与世隔绝，也让许多古代的神秘传说一直流传下来。

四国共有四个县：德岛、爱媛、香川、高知。日本人说，这四个县的县民个性完全不同，从花钱的方式就可略窥一二：

■德岛县人爱创业，一有钱就想马上开公司，所以中小企业很多；

■爱媛县人爱漂亮，一有钱就会立刻拿去买衣服；

■香川县人爱存钱，有钱都会存起来，最保守也最实际；

■高知县人爱喝酒，一有钱就买酒喝，所以酒量最好。而高知县女人在日本国内也是出名的酒量好。

我是个“旅行不喜欢走回头路”的人。做旅行计划时，发现地图上的广岛离四国并不远，将它纳入行程不但可以造访严岛神社，又能沿着濑户内海游玩四国。所以，先飞到广岛，再从高松返台，是个一举数得的好计划。台湾有班机直飞四国的高松，若想深度游四国，是最好的选择。

海中的朱色大鸟居

日本三大景之一的严岛神社，位于广岛县名叫“宫岛”的小岛，与四国之间只有短短的六十六公里，从广岛搭船只要二十分钟。走访严岛神社与弥山后，隔天再搭渡轮到四国的松山港，夜宿道后温泉，这段路程可以让旅程更加丰富精彩。

我与严岛神社的第一次见面，红色大鸟居居然不是在汪洋大海中，而是在一片沙洲上。

严岛神社

严岛神社局部

即使退潮，也还是有好多人朝沙洲走去，大鸟居下围了一群人。我们也跟着走近，看到大家纷纷把钱币塞进附生于鸟居木柱的贝壳间许愿。

原来，广岛神社流传着一个传说：诸神会随着海潮的涨退，乘着船从鸟居中进出，人们将钱币嵌在鸟居上许愿，神离开的时候，就会把愿望带走。所以，大鸟居的柱子底部，满满的都是钱。嵌不牢的钱币，就落在沙地上，积成小丘。

宫岛散策

以雪月花著名的三景，其中的“花”就是宫岛弥山上的春樱与红叶。只有走进弥山，才能感受李商隐诗中“停车坐爱枫林晚，霜叶红于二月花”的浪漫情致。

秋季的红叶谷公园，是西日本十大赏枫景点之一。到宫岛，不如搭乘缆车上弥山，从狮子岩观景台，可以看见散布在濑户内海的岛屿，犹如蓬莱仙山一般。蓝天大海与星罗棋布的岛屿，构成有如仙境的画面。所以，自古就流传，弥山是神仙居住的地方，有许多神秘、不可思议的传说。

旁边的景观告示牌说明，弥山山顶有一条路线，沿途有各种奇岩怪石，大约一小时可以走完。

登上弥山山顶，眼前的四国大岛自海中突起，苍翠山峦勾勒出层层叠叠的青色天际线，那就是我们接下来要开车前往的地方。这和我之前的印象完全不同。我从来没想过，将观看的距离拉远，可以看见截然不同的样子——如此清丽梦幻的四国！

小石像

广岛饭勺

广岛的另外一个特产是饭勺。它大概已经变成广岛的标志了，满街都卖盛饭用的饭勺。

据说，广岛的居民长年过着极为贫苦的生活，大约在1800年前后，一位名叫誓真的和尚看到这个情形，苦思着要改善当地居民的困境。有一天，他梦见女神辩财天。醒来后就用御山的神木，模仿辩财天手上的琵琶形状制作饭勺，还将饭勺的做法传授给居民。

严岛神社香火鼎盛，以往来参拜的人没有什么土产可以买，岛民生产出的木制饭勺，就成了知名的纪念品。饭勺改善了岛民的生活，“可以带来好运的饭勺”更成了到广岛必买的幸运物。

火车便当

广岛的火车便当很特别。即使没有搭火车，也可以在广岛车站买到火车便当。从广岛市到四国松山，需要搭乘汽船横渡濑户内海。我们买了牡蛎便当，在海上航程中慢慢享用。它的造型是一个饭勺，里面就是美味的牡蛎盖饭。

弥山上有间寺院，里面有许多小沙弥造型的石雕。当地居民为这些雕像做了各种装饰，戴帽子的、戴眼镜的，十分可爱。我曾和日本人一起工作，觉得日本人很严肃，做事一板一眼、中规中矩（当然喝完酒又是另外一回事），看到他们用幽默又不轻侮的方式，将石雕装扮得充满人性，才发觉原来日本人也有许多可爱的想法和举止。

沿途还有好几间大大小小的神社，或新或旧，香烟袅袅。它们都让人觉得平静、安宁，难怪这里会被称为“灵山圣地”。其中，弥山本堂是弘法大师百日修行的地方，遥想着大师的八十八所灵场遍路，接下来的四国之行，大师是否也会护佑相伴?

利用铁路旅行，虽然可以看见窗外的风景，却无法感受到地形的变化。开车和爬山会带来截然不同的感受。唯有用身体确实地经历地表的起伏、地貌的转变，如此真切地贴近土地，才会明白为什么日本人这么尊敬自然，为什么如此虔诚、热烈地信仰众神。

来广岛，一定要试试牡蛎。可先尝试路旁小店的烤牡蛎，新鲜又好吃。如果想尝试炸牡蛎或清蒸等吃法，不妨到“牡蛎屋”，这里有多种选择。

炸枫叶馒头

牡蛎

枫叶馒头是广岛的名物之一，广岛这里的“炸枫叶馒头”看起来虽其貌不扬，但一口咬下，外皮酥香，内馅却绵软香浓，会让人不知不觉地吃下好几个。

道后温泉

道后温泉极负盛名，这一带的旅馆选择也是琳琅满目。我推荐子なや（Funaya）与道后馆，前者常有皇族入住，又有著名的美丽庭园，是此地最热门的旅馆。黑川纪章的道后馆，融合传统与现代和风设计，外观像是一层层堆叠而上的积木。每一层都设有庭园造景，三楼的庭园还有一间著名的茶屋。有的房间附有露天风吕，借由巧妙的设计，让住客在享受户外泡汤时也不用担心暴露隐私；没有露天风吕的房间，就有景观可赏或附带小庭院。

顶楼的和洋特别室，从房间可以眺望松山城，每个客房都拥有自己的家徽和名字，从玄关的插花到室内的挂轴，处处细心、讲究。

道后温泉本馆巍峨的三层楼木构造建筑始建于1849年，浓郁的传统风情融入现代西化的元素，正门口气势恢宏的唐破风（门上的拱形檐）是它最醒目的特征。内有天皇御用的房间，可以进入参观。

传说道后温泉是日本最古老的温泉，它起始于一只受伤的白鹤，来这里泡澡后，伤口就奇迹般的痊愈了，也由此开启了道后温泉三千余年的历史。

2014年，为了庆祝一百二十年庆，这里举办了“道后温泉艺术节”，邀请艺术家利用道后温泉区的各种元素进行创作，旅馆房间、浴衣、建筑本体，都成为展现创意的舞台。

道后温泉

浴衣怎么穿

办完入住手续后，温泉旅馆的内将会将配备完整的浴衣交给客人，并亲切地教你如何穿着，左面在上才是正确的，穿反就变成寿衣了。

另外，台湾人不太习惯穿着浴衣外出，总觉得这样做好像很失礼。可是在温泉街上，你会看到不管男女老幼都是穿着浴衣的，请放心地穿着浴衣出门吧！

在本馆泡汤也是不容错过的体验，这里还保存着皇室专用的汤屋，精致的细节让人叹为观止。

爱媛蜜柑

“食物”是日本温泉旅馆的一大特色，一定会让旅客吃到最地道、最新鲜、最自豪的特产。在道后温泉，旅馆的早餐一定有当地时令的现打果汁。因为爱媛县产的爱媛蜜柑十分有名，不只在旅馆内，温泉街的商店里也陈列着各式各样的柑橘汁，品种多得让人眼花缭乱。原来，橘子的品种不一样，香气就完全不同，口味偏酸的伊予柑、甜味十足的晴姬、高雅的濑户香……但不管是哪一种，果香都很细致。除了果汁，也有果冻制品，不妨也试试。

有一件作品让我们印象深刻，叫作“雾中的白鹤”。每天到了固定的时间，藏在三层屋檐中的管线就会喷出水雾，营造出如梦似幻的神秘感，配合灯光，衬托屋顶的鹤形雕塑。复古街灯的光线在朦胧的雾气中摇曳着，强化了明治时代的特殊氛围，让人感觉仿佛回到了过去。

金刀比罗宫

离开道后温泉，我们往琴平前进。除了金刀比罗宫，琴平附近还有很多文化遗产。日本许多艺术家与文人出自四国，因此四国有很多博物馆、美术馆，无论是建筑还是艺术，都非常值得一看。

金刀比罗宫的神明主要护佑人出外远行、捕鱼、交通平安。以前交通不便，各地信众就派戴着“参拜金毗罗”的木牌、香油钱和饲料钱的

狗狗，代替主人前来参拜。因此，金刀比罗宫也塑了一尊小狗的铜像，纪念辛劳的“金刀比罗犬”。我们到访的那天，刚好一群人带着导盲犬去金刀比罗宫参拜，围着“金刀比罗犬”拍照留念。这些狗狗忠实、辛劳地陪着主人完成各种任务，很令人感动。

琴平花坛

爬完金刀比罗宫别着急离开琴平，不妨在此过夜。我们选择夜宿“琴平花坛”，是日式“数寄屋”（茶室）客房。这里有三间接待过皇族和许多文人骚客的特别房“长生殿”，也接受一般的订房预约。它并非空有名人的名气加持，房间内的装饰本身就是无价之宝，尤以长生殿的袄绘（画在纸门上的绘画）最为精彩。

待在这样的空间里，就可以明白日本人的生活方式。为什么他们要把鸟、鹤、山、海……画在屋子的拉门上？中国古代是用屏风，这些主题都是画在屏风上，但很少会以室内的门、墙为画布。

参观许多日本古老的历史建筑后发现，这就是日本人对自然的喜爱。就算是待在室内，也想要感觉大自然包围着自己。他们希望能随时随地感受到自己和外在世界的联结，不管是摆设也好，绘画也好，都表现出与大自然紧密结合的心愿。

“富士见台”的房间

我们订的是“富士见台”的房型。我说：“不得了！ 在这儿居然也可以看到富士山，难怪日本人要把富士山当圣山啊！ ”

富士见台和室窗外景象

长生殿内观

长生殿内观

长生殿外观

安纳烧芋

小小的琴平车站，开车很容易忽略，值得一提的是车站附近卖的安纳烧芋。虽然称为“芋”，其实是地瓜，口感非常细腻。这个品种的地瓜，全日本甜度最高，一定要尝尝！

狗狗御守

由于“金刀比罗犬”的缘故，这里的御守也以狗作为设计主题。金刀比罗宫大概最会行销包装的庙宇了，御守设计得精巧绝伦，让人忍不住就买了一堆。

德岛鲷鱼料理

四国的最后一夜，我建议在德岛住宿，隔日再去高松机场搭机回台湾。落脚于德岛，除了可以看到附近的鸣门漩涡，德岛的鲷鱼也是让人吮指再三的极品佳肴。

伴手礼

赞岐乌冬面、高知县柚子等相关土产也不容错过。在四国，到处都能看到柚子醋、柚子酒，还有柚子七味粉。四国产的柚子酒是限量的，某些有名的牌子产量很少，根本没有全国铺货，只有在当地才买得到。

他听完后大笑："拜托！这里是四国，你知道离富士山有多远吗？"

"那……为什么叫富士见？不就是房间内可以看见富士山吗？"我指向窗外，远处真的有座山，很像富士山。

"那是赞岐富士！"他说，日本人喜欢将当地看起来像富士山的山称作"××富士"，这叫作"乡土富士"。

琴平花坛的晚餐是一道道精彩绝伦的美食，将濑户内海最鲜美的海产与赞岐牛等名物一网打尽。餐后的甜点蛋糕，是用名物"和三盆糖"制作，绵密香甜，毫不腻口。离开四国前，我还特地买了和三盆糖带回台湾，希望可以把在这里的美好体验，化成口中的糖，一并作为甜美的回忆。

另外，也许是住琴平的旅客都会去挑战金刀比罗宫的阶梯，所以这家旅馆还有一处非常漂亮的泰式按摩Villa，非常贴心。

东山魁夷美术馆

离开琴平进入香川县，又是完全不同的人文风情。我们把车停在濑户大桥的纪念公园，本以为他要带我去看壮观的濑户大桥，没想到他是要去美术馆。在这里，他介绍了东山魁夷这位画家给我认识，小小的美术馆里，全部是东山魁夷的画作。

东山魁夷的画有种说不出的迷蒙感，简单的景色、基本的构图元素，在他的笔下，变成了充满感情与温度的画作。东山魁夷很喜欢青色，而且他的青色充满了层次，神秘又有点梦幻。

建筑物本身也很美。东山魁夷最有名的作品是《道》，而美术馆就将《道》融入建筑的地景设计里。美术馆里设有咖啡厅，坐在这里，整片透明玻璃窗如同画框，直接将濑户大桥纳入画中，美得令人惊叹！

东山魁夷美术馆

东山魁夷《道》

鸣门漩涡

“这里，才是观赏濑户大桥最好的地方。”他笑着对我说。

鸣门漩涡

在德岛的鸣门附近，有个世界著名的“鸣门漩涡”，从香川驶往德岛时，一定不能错过这个奇景。它是世界三大漩涡之一，最大的漩涡直径可达二十米。当地的信仰和文化与这个大漩涡的关系很密切，德岛最著名的阿波舞正是其中的代表。从濑户大桥往鸣门前进，可以到大鸣门桥的“涡之道”看大漩涡。

大鸣门桥非常长，与山海之间构成的景观也很值得一看。从附近的“鸣门山展望台”可乘坐六十八米的手扶梯，登顶后远眺整个大鸣门桥，视野非常好。从展望台往下走就会抵达大鸣门桥的“涡之道”，透明的地板距离海平面四十五米，让你在漩涡的正上方观察汹涌的波涛。如果想更刺激一点，也可以坐船到漩涡的旁边近距离观赏。漩涡的大小与季节、潮汐时间密切相关，春季的漩涡规模最大。

建议行程

第1天

台北 ~ 广岛（夜宿广岛车站附近）

第2天

广岛 ~ 严岛神社

第3天

广岛 ~ 搭船前往松山港 ~ 夜宿道后温泉

第4天

松山 ~ 琴平 ~ 夜宿琴平花坛

第5天

琴平 ~ 鸣门海峡（香川县美术馆）~ 夜宿德岛（吃鲷鱼）

3

九州——近代文明的交会

萨摩·佐贺·八千代

不知道为什么，小时候，在后山的老家里，放着一本和装本《论语》。

印象深刻的原因很简单，因为这本《论语》从选纸、书写、折页、制本到装帧的方式，都和其他的书很不一样。纸的触感温暖细腻，每个折丁与袋缀都很仔细，不过内容满满的尽是潇洒潦草的草书。虽无法理解，但和式书法优雅的气韵却深深烙印在眼底心中。

记忆中绮丽东洋的残影片断

这本书很旧了，封面与线孔都有些脱落。这本不知道从哪儿来的天书，着实为我的童年带来不少乐趣，里头各种飞扬跳脱的字形，让我目眩神迷。我不纯熟地握着画笔，依样画葫芦地在纸上鬼画符。

多年以后，再翻阅这本《论语》，依稀记得某处有“文久”和“肥后”的字样。“文久”这是日本江户时代的年号，时间在1861年到1864年之间。当时的天皇是孝明，即明治天皇的父亲，幕府则由第十四代征夷大将军德川家茂主持，再过七年就大政奉还，进入现代化的改革维新。“肥后”则是九州熊本的旧名。

换句话说，这本旧书少说也有一百二十年的历史，就这样被扔在客厅里。又过了几年，老家社区被一把无名火烧毁，多少光阴积累灰飞烟灭，这本《论语》应该在大火中付之一炬了。

先不论这本《论语》的价值（或是价格），文久年间的和装书，的确在我的脑海中留下挥之不去的美。后来，我又接触了许多古书，也收藏了一些。在寻寻觅觅中，追寻隐没在字里行间的感动，回溯童年时那种淡淡的喜悦，来自纯粹的观看，与世俗度量无关。在大火中消失的《论语》，成了记忆中绮丽东洋的残影片断。

和式书法 · 西本愿寺本之十六家集

这是我和古书的初次邂逅，也牵起了我和筑紫之岛遥远朦胧的情缘。

最具欧陆情调的萨摩工艺品

1867年，万国博览会在法兰西第二帝国的首都巴黎举行。

尽管倒幕动乱让日本烽火连天，萨摩藩与锅岛藩仍在英国驻日本国公使阿礼国（Sir Rutherford Alcock）的邀请下参加了这次的博览会。

几年前，萨摩藩的藩主岛津齐彬鉴于中国在鸦片战争后的衰败，东方第一大国的没落，让这个列岛王国产生了沉重且即刻的危机感。1851年，齐彬在鹿儿岛市北方的矶地区大兴土木，成立东洋第一座现代化工厂。这座制造中心集纺织、铸铁、造船于一体，称之为“集成馆事业”。从新式大炮到蒸汽轮船，从武器弹药到罐头食品，甚至连西方世界甫采用不久的瓦斯灯，都在集成馆积极地实验、生产。

现在，旅人在拜访九州名庭仙岩园时，仍可在仙岩园旁看见集成馆事业的遗址。成为“遗址”，是因为在从萨英战争（1863年）到明治维新期间的西南战争（1877年）中，集成馆事业的生产设备受到严重毁损之故。集成馆事业是日本近代化的啼声初试，为日后明治与大正时期的工业化奠下基础。

除了船坚炮利的军事现代化外，本身有“兰癖”（喜爱西方事物）的岛津齐彬，对于西方工艺品也情有独钟，玻璃切子，就是最具欧陆情调的萨摩工艺品。

相较于西方所流行的威尼斯水晶与波希米亚水晶，萨摩切子给予

水晶宫

人更强烈的存在感。19世纪下半叶，从贵族到中产阶级，不约而同将目光投向玻璃工艺。1851年在伦敦所举办的第一届万国工业博览会，由约瑟夫·帕克斯顿（Joseph Paxton）所设计的水晶宫（The Crystal Palace），就是玻璃与建筑工艺的里程碑，全世界都看到玻璃简约的美学潜能与商业价值，各国争相投入研究开发。

萨摩切子跳出洛可可与新艺术繁复亮华的流行表现方式，纯粹就几何的“形”（Pattern）来衍变，利落分明、别出心裁，受到艺术界的重视喜爱。萨摩切子的纹样有龟甲纹、鱼子纹、麻叶小纹、六角笼目、十六菊纹、霰纹等，从简单发想，华丽中不失沉稳的设计感，将奢华淬炼成优雅的生活感性。

1853年，第十三代幕府将军德川家定的正室笃姬嫁入江户时，带去的嫁妆、器皿，乃至生活用品，全都是高贵简洁的萨摩切子。

对我而言，萨摩切子隐隐透露出了茶道“侘寂”精神与毕达哥拉斯式的理性和谐之美，这是其他玻璃工艺品无法比拟的。

萨尔小京都——知览

国道226线，从指宿到枕崎，47.1公里的快意奔驰，沿路景致隽永迷人。

九州有许多令人心动的开车路线：别名“熔岩道路”的224号国道，是仰望樱岛火山的最佳路线；从山上广场到中岳火山口，“阿苏山公园道路”虽然需要料金（费用），“草千里”天苍野茫的壮阔景色绝对让人心旷神怡；联结熊本线宇土半岛与天草诸岛的天草明珠线，是吟咏人文与自然的优雅诗篇；拥有日本最美夕阳的真玉海岸（大分县）；

南萨摩路

海天一色的公路

荟萃神话传说及田园风光的神话街道（宫崎县），都是万中选一的旖旎风光。

选择国道编号226号的“南萨摩路”，不为别的，因为绀碧的海与秀丽的山，特别令我着迷。每个转角都让我忆起年少时在台湾的旅行，南回与苏花，作家琦君笔下“刚才在山上看海，片刻之后在海边看山”的情迷意乱，在此也能体会。

我们沿着海天一色的公路前行，被称为“萨摩富士”的开闻岳近在眼前。在碧海蓝天之下显得风情万千。南萨摩路也是九州颇负盛名的茶区，知览自古以来就是重要的茶产地，茶园远映着海色天光，让所有人都放慢节奏，驻足留恋这天人合一的难得美景。

知览是一座值得花时间流连的小镇。被称为“萨摩小京都”的知览，保留着江户时代风格质实刚健的武家屋敷。七座列为国家名胜的借景庭园，虽然是中学生也知道的“枯山水”与“池泉”式设计，但是透过“母岳”的借景，让有限的庭园空间延展至无限天地。长长的碎石道，绵绵的罗汉松，傍水舒缓，予人一种“街长台门深”的浮想联翩。眼前仿佛已看见台门里美丽而寂寞的少妇，怀抱着“悔教夫婿觅封侯”的惆怅。

特别是森重坚邸与平山亮一邸庭园，即使辐辏折冲不大，却保留了时间进程的流动之美。山石、水泉、白砂、树木、垒石，含蓄精致的空间布局，体现出协调情理、宜人适用的特点，且具有明亮基调与节奏的东方情调，追求雅淡幽静的禅家氛围。

生活中种种浮躁张扬，在这里凝成内敛婉约的抒情想望。

不远的所在，是另一个时代的罪愆印记与伤痕。

1944年5月，日军飞行第五战队队长高田胜重带领四架零式战机，

森重坚邸庭园

知览武家屋敷群

平山克己庭园入口

在惨烈的比亚克岛战役（Battle of Biak）中撞沉了一艘美方驱逐舰，成为神风特别攻击队的先驱。到了秋天，日军为了在节节败退的菲律宾战区力挽狂澜，海军中将大西泷治郎正式组建了以自杀攻击为目的的“神风特别攻击队”，以“一人一机，一弹一舰”的战术手段，企图与美军太平洋舰队同归于尽。

这些特攻队员平均年龄不足十八岁，上级不断以武士道精神、个人英雄主义与尊皇攘夷的思想，激励这些少年以死殉国。当然，一群热血爱国的青少年投身沙场，不过更多的是，在军令如山的胁迫下无奈地飞上青天，有去无回。

大概许多人不晓得，知览曾经是太平洋战争末期神风特攻队的大本营。战后，民间搜集了一万四千件特攻队员遗物，以及一千零三十六名殉死队员的相片、日记、作战地图、遗书，成立了知览特攻平和会馆。其中还包括了从零式、一式、三式与四式四架战斗机的残骸，以及特攻队员的绝笔、遗咏。

2015年2月，会馆向联合国教科文组织提出申请，希望将收藏的特攻队员遗书、信件等三百三十三件物品列入世界记忆遗产名录。后来申请在初审中落选，没被审查单位接纳。

我细细地阅读队员的遗稿，其中大部分都带着恐惧与悲哀，官方宣传说队员随时都有殉国的准备，实际上许多人晚上就寝后都躲在被窝里偷偷哭泣。他们最期待与开心的时候，是附近女子高中生每周的例行访问，这是队员们早逝的青春中唯一的火花。

全馆以凄婉感人的方式展现反战思维，却有意无意地规避反思战争责任。之前我也拜访过许许多多弘扬民族精神与爱国主义的教育基地：美国华府中心的华盛顿纪念碑、朝鲜的主体思想塔与普韦布洛号，

战斗机残骸

馆内陈设

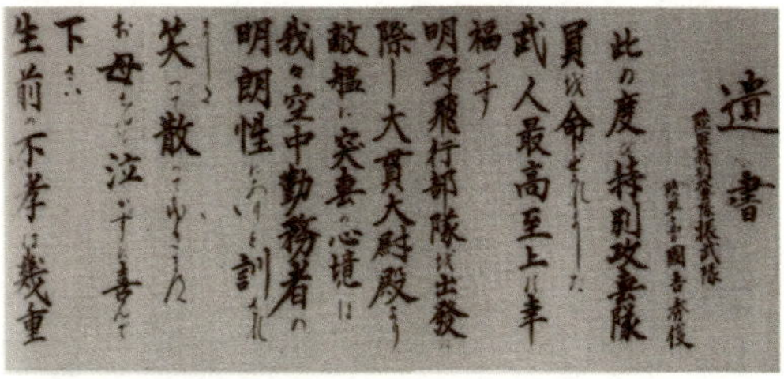

遺書

比の度は特別攻撃隊員を命ぜられました
武人最高至上の幸福です
明野飛行部隊より出發に際し大貫大尉殿より
敵艦に突撃の心境は
我々空中勤務者の
明朗性なりと訓されました
笑って散ってゆきます
お母さんは泣かずに喜んで
下さい
生前の不孝は幾重

特攻队员遗书

女子高中生例行访问

甚至是波兰奥斯威辛集中营，也有类似的倾向，官方总是以“选择性的客观”阐述历史的模糊事实。

当特攻队员从知览起飞，越过开闻岳的同时，他们是否知道，再也回不了家？难道对生命没有一丝的留恋吗？

我想知道。

歌舞伎“形”与“构”的世界

小时候在录影带中，跟着大人一起看过歌舞伎。印象中都是怪腔怪调的吟唱，及画得很可怕的妆。大概是受那几次观赏的影响，总觉得歌舞伎是另一个次元的嗜好，这辈子大概没什么缘分。所以，年少到日本，对歌舞伎一点兴趣也没有。

某次偶然的机缘，依稀记得是霜叶正红的季节。不知道哪来的雅致，兴冲冲地买了大阪道顿堀松竹座最便宜的票。总之，从那天开始，一头栽入了歌舞伎“形”与“构”的世界。

那天的演出是东京的《颜见世》。江户时代的歌舞伎役者（演员），大抵是一年签一次约，这种制度类似现代演艺公司的经纪约，其间是从本年十一月到翌年十月。所以每年十一月，经纪公司会将今年签的所有演员集合在一起，向民众强力放送今年的签约卡司（演员阵容），请民众继续支持歌舞伎的演出。为了加强宣传，经纪公司几乎将旗下一线演员集合出场，仿佛就是歌舞伎界的《复仇者联盟》一样痛快过瘾。而且一次公演就是四小时，怎样都觉得划算。

话说回来，因为是最便宜的票，所以被发配到离舞台最远、最接近楼上紧急出口的座位，但是那天的演出，却让我难以忘怀。从音乐、

歌川国芳《义经一代记》五条桥之图，源义经（小名牛若丸）与弁庆在此第一次相遇

人物、动作、服装，每个细节都无与伦比，遥望着舞台，就像是遥望着一场远不可及的梦，所有的一切似乎伸手可触，却总在下一个瞬间消失在虚空之中。现在回忆起来，就像是睁开眼睛做梦一样不切实际。

那天有两场舞踊，九代目松本幸四郎演出《劝进帐》中的弁庆，以及坂东玉三郎的《鹭娘》。

《劝进帐》中的弁庆，是日本中世纪平安时代末期的传奇人物。原为僧兵的武藏坊弁庆，追随主公九郎判官源义经，在征讨平氏的战争中有出色功绩。不过后来因为义经功高震主，在兔死狗烹的历史逻辑中，兄长源赖朝开始对义经一门赶尽杀绝。

迫于形势，源义经与一班家臣流离窜亡，从关东到近畿，源义经一行在奈良和京都的山野间四处躲藏。源义经也知道，如此下去不是长久之计，也没有东山再起之时。几经考虑后，决定投奔少年时鼎力相助、恩同再造的奥州镇守府将军藤原秀衡。1187年2月，源义经与家臣们乔装成劝募重建东大寺的行脚僧，踏上烟尘迢渺的旅程。

为了避开戒备森严的关东，源义经一行绕道进入越前（福井县），取径山险路难的北陆道。然而通缉令早已布达全国，源义经一行在加贺的安宅关引起守将富樫左卫门的怀疑，关所要求伪装成募款僧的源义经一行把劝进帐（募款账册）拿出来检查。

根据传说，胆大心细的弁庆急中生智，随便呈上一份毫无关系的书卷，谎称是劝进帐（想必守将也看不懂），并舌灿莲花地将富樫左卫门唬得一愣一愣的。不甘心被骗的富樫左卫门，仍觉得弁庆身边的源义经很可疑，弁庆便用力对源义经大吼：“都是因为你这个娘娘腔长得太像九郎判官，每次都给我添麻烦！”然后拿金刚杖重重地扁了源义经。弁庆逼真的演技彻底瓦解了富樫左卫门的心防，富樫左卫门心想：“哪有小弟敢痛扁老大。”于是通关放行。

即便是生死关头，冒犯了主君，弁庆仍感到十分愧疚。离开关所后，弁庆泪流满面，向源义经下跪请罪。身为老板的源义经也是个明白人，在说了几句贴心话后，主从相视而泣。

幸四郎扮演的弁庆，透过脸部与肢体的表演，将“我俩没有明天”的流亡心情，传达给台下观众。悲愤、羞愧、激动、狂放，即使在多年之后，我仍能感受到武藏坊弁庆复杂的心绪。

相较于至阳至刚的大声公弁庆，坂东玉三郎的《鹭娘》则美得令人心碎。

《鹭娘》述说一只白鹭精，因为渴慕人世的爱情，于是化成人形，以年轻女子的姿态落入凡尘，在情爱幻灭后堕入悲伤的无明深渊。于是，女子在大雪纷飞中踯躅、漫舞。最后，她站上舞台中央的红毯，以独特的姿势结束剧码。

冷光中，舞踊在幽寂飘忽的曲调中出现，身着“白无垢”，手持和伞的女子在沉默的雪夜中现身。鹭娘头上罩着白布，背影在幽暗中轻轻摆动，在她缓缓转身的同时，我感受到现场温度骤降到冰点下，有人惊呼，有人赞叹，我则是被卷入无边的苍白之中。

随着剧情的铺陈，鹭娘在变装中转换身份与心情：紫衣是滚滚红尘中的憧憬冀望，粉红是恋爱中的心情观照。当鹭娘以红衣出现时，良人早已变心远离，一袭红衫是痛彻心扉的真实反映。当鹭娘由人形变回鹭鸟，拖着受伤的羽翼，拍扑抖落翅膀上的雪花，每一寸肌肤都满盈着悲凄。

最后，满脸愁苦、一头漆黑散乱长发的她，站在舞台中央的红毯上，举手投足，每一个细微的动作都绽放出上古女先知被鬼神附身的惊人气势，在生命被释放掏空之后，鹭娘气绝而亡。

鹭娘

宗山流蝴蝶鹭娘身着白无垢

铃木春信的鹭娘

当灯光再度亮起时，我看见许多人在偷偷拭泪。

《鹭娘》可说是日本舞踊中的《吉赛儿》，歌舞伎里的《垂死的天鹅》（The Dying Swan）。那惊鸿一瞥的美让我回味了好久好久，当我知道坂东玉三郎是一位年近半百的中年男子时，半晌说不出话来。

当然，也因为观看松竹座《颜见世》的经验，让我迷上歌舞伎。歌舞伎太美了。

尤其是百炼千锤的“女形”。

女形可以类比为传统京剧中的“旦”，坂东玉三郎相当于中国近代的梅兰芳，而歌舞伎女形舞码《雪姬》《八重垣姬》与《鹭娘》，就像是中国戏曲中《霸王别姬》《贵妃醉酒》或是《游园惊梦》。记得在一次访谈中，有人问玉三郎为什么走入女形的世界，他回答：“我倾慕那伸手不可及的美。”

正是那“伸手不可及的美”，引领我进入东方美学的堂奥。

别具风味的古老空间——八千代座

1990年，坂东玉三郎在九州进行专场公演。所谓的“专场”，就是一线演员平常会带领二线演员及子弟兵，在特定剧场定期巡演。也因为档期固定，每年都会吸引拥戴的戏迷票友追星。话说玉三郎来到熊本县某个没落温泉乡的旧剧场，原以为会看到一座破败寒酸的小舞台，坂东却被“它”深深地吸引。

接下来的四分之一世纪，每年二月，玉三郎都会来这里举行公演。在坂东的奔走之下，这座古老的剧场恢复了生机，也为全世界喜爱表演艺术的同好留下一件出色的文化遗产。

八千代座

歌川丰国《踊形容江户绘荣》

“它”，就是八千代座。一个与众不同，且别具风味的古老空间。

西方戏剧的起源，负有祭祀、仪典的功能，今天存在于地中海周围的古代剧场，每个细节都向世人说明，台上的表演者与台下的观众，分属于世俗与神圣两个世界。即使到了今天，现代剧场空间仍十分拘谨，连轻咳一声都要十分小心。

东京太田浮世绘博物馆，收藏着一幅由三代目歌川丰国的作品《踊形容江户绘荣》，忠实地将19世纪歌舞伎座的热烈嘈杂带到我们面前。一楼的观众席，是铺着榻榻米、切割成四方形的座位，二楼则用酒红色布幔与栏杆区隔，席间的观众，有人正襟危坐，有的却大吃大喝，一点也不扭捏做作，充满活力。画面的右手边，有一条细细长长的“行板”，这是一楼观众出入时的通道，万一在演出时想上厕所，就得在众目睽睽之下爬进爬出。这种小剧场在江户时代十分受欢迎，无论台上台下，大家感觉十分亲密。

当时的演员，除了在舞台上卖命演出，有时候还会走下台来与观众聊天，一同享受悠闲片刻。浮世绘中的《市村座》（市村剧场），正是日本传统舞台的真实写照。

位于熊本山鹿市的“八千代座”，是极少数维持着江户风情的传统剧场。走入八千代座，就像是走入“芝居绘”里一样令人兴奋！舞台后的袄绘，可以依照剧码与时令调整。舞台正中央设有可以三百六十度旋转的巨幅圆盘（回り舞台），让戏剧呈现有更多的可能。

面对舞台的左手侧，有一道称为“花道”的长廊，让二度空间的舞台有了三次元的效果。歌舞伎演员有时会走下花道，穿过观众席。在戏剧表现中，花道上的演出脱离舞台，象征着走向演员幽微而深层的内心，役者与观众共同探索角色最晦涩的情感。

初代广重《东都名所猿若町芝居》

歌川丰国《大芝居繁荣之图》

以家喻户晓的《假名手本忠臣藏》为例，这部戏描述的是日本江户时代元禄年间的历史事件。赤穗藩藩主浅野长矩因故被高家旗本吉良义央羞辱，愤而伤人，而后被降罪自杀；后来赤穗藩家臣四十七人散入民间，混进江户城为主君报仇。

情节进行到后段，主角大石内藏助在斩杀吉良义央复仇成功后，幕府虽然嘉其忠义，却仍依法严惩，将军下令与事家臣全体切腹自尽。当大石悲壮赴死时，就是孤单地走上花道，全场观众屏息凝视，望着他凄凉寂寞的身影在狭长的花道上逐渐远去，都深受感动。这不仅是一部国仇家恨的伦理戏，就意识形态上，也是某种反战、反暴力的表现。

此外，隐蔽的“迫”（せり），可以让演员在观众意想不到的时间与位置突然出现。歌舞伎的中央舞台与花道都设有这样的机关，每当妖魔与幽灵等恐怖角色突然跃出，都会有妇女小孩因为受到惊吓而失态。

我在京都的祇园南座看《皿屋铺化妆姿镜》时，女鬼阿菊突然在我的面前现身，就害我大叫了一声。散场时，大家都斜眼看我，大概心里都在想：“这么大的人了，怎么胆子这么小……”

说实在的，不是胆子小，实在是太入戏了。

不过，八千代座真正让人眼界大开的，是天花板上令人目不暇接的“工商服务”，由棂格切割的天花板，每一格都是由不同商家所出资的广告。从米贩、酒造、蓝染、铸铁、小代烧，到化妆品、旅馆、餐厅、日常杂货……应有尽有。坐在观众席中，很难不被这些喧哗的广告所吸引。或许，有些人会觉得现场不够庄重，但比起冰冷、面无表情的现代剧场，八千代座显得更有人情味，也更人性化。

我在其他地方也看过类似的芝居小屋，秋田的康乐馆、爱媛的内子座、兵库的永乐馆，即使规模不相上下，却都缺少了八千代座的蓬勃

八千代座舞台

八千代座天花板广告

生气。

我从小就喜欢野台戏，后来将这种兴趣延伸到电影、歌剧、芭蕾与歌舞伎。歌舞伎就呈现内容来说，有人声、有音乐、有舞蹈、有戏剧，基本上，歌舞伎的形式十分贴近华格纳所提倡的总体艺术（Gesamtkunstwerk）。

现在的八千代座，是大正十二年（1923年）增建完成的，平成年间又曾大力翻修，剧场内可容纳约一千两百名观众同乐。著名的歌舞伎演员坂东玉三郎，每年都会在八千代座进行公演。坂东曾经说过：“这里是所有演剧的原点。”

光是冲着这句话，千里迢迢来到这个山中小镇也值得了。

器之用·器之美

某一个冬日午后，阳光温暖得像是阳春三月。课堂上，教授带我们进入大英博物馆的文物收藏室。那天参观的主题是东方器物，同学都相当兴奋，毕竟这样的机会并不常有。

记得当时教授引领我们来到一个陈旧的木箱前，封口还贴着第一次世界大战前的海军徽帜与封缄，看来从九十年前运进来到现在，一直都遗置在角落，直到此刻才得以重见天日。大家在教授的指示下开箱，木箱内还有木盒，每个木盒都仔细绑上细绳，押上火印及封漆。我读着箱内及木盒上的落款，从褪色的墨迹上依稀看到“伊万里”及“有田”的字样。

当我从木盒中将瓷盘取出时，内心异样怦然，仿佛我手上捧的是耶稣基督受难的真十字架圣物，抑或是走入唐太宗的陵墓，发现王羲之

《兰亭序》依旧完好如初那般虔诚、感动。

后来，转向文艺复兴研究后，接触东方器物的机会就少了许多。

我曾在不同的城市参加当地或大或小的艺术拍卖会，看过若干伊万里烧及有田烧，有些釉彩在晶润中透着斑斓，有些质地则很粗糙，并不是盖上“伊万里”或是“有田”出厂就是品质保证。

在日本泡沫经济时期，许多人揣着钱追捧伊万里，将它的价格炒上了天。经济崩溃后，这些人想拿先前买的瓷器变卖，经过鉴定，才发现全部一文不值，气得这些苦主当场把瓷器砸个稀巴烂。其中蒙受不白之冤的也为数不少，即使后来想方设法将它们修复，因为品相有瑕疵，价格也只能腰斩再腰斩，这还算是高估的情况。总之，伊万里莫名其妙地与泡沫经济结下了不解之缘。

西方人爱好伊万里烧及有田烧是有理由的。之前谈过的1867年巴黎万国博览会，在日本会馆所展出的除了萨摩烧、萨摩切子外，最受欢迎的，还有来自佐贺的伊万里烧与有田烧。

要清楚分辨这两种的异同并不容易，即使是受过专业训练的鉴定师、陶艺家，也有可能弄错，毕竟两个产区只相距二十分钟车程。虽然难以辨别，对于看不懂门道的外行人来说，只要兼具“器之用”与“器之美”，就是好东西。

位于西九州自动车道不远的大川内山，堪称是伊万里的窑元秘境，许多人满心期待地来这里寻宝，看看会不会挖到意想不到的逸品。目前的大川内山，已成了高度商业化的贩售中心。伊万里的工艺水准相当高，走一趟山脚下的“伊万里锅岛烧会馆”即可了然于胸。锅岛御庭烧、长春青瓷窑都有高水准的表现，不过实在是太贵了。虎仙窑是我个人偏爱的瓷窑，充满个性的青釉相当吸引人。至于其他窑元，对我来说

唐津祭典

都大同小异，快速拜访完二十三间窑元后，我迫不及待地前往下一个目的地。

就在不远的地方，约莫也是二十分钟的车程，就是有田町，目前是有田烧的集散中心。对应于伊万里，这里多了份人味，少了点铜臭。

根据文字记载，在1592年至1595年间的中日韩三国混战时期，大量朝鲜陶工被“移居”到九州北部与本州南部，陶工们为了生计，着手于当地的陶土开发。萨摩烧的沉当吉（鹿儿岛县）、高田烧的金尊楷（熊本县）、高取烧的八藏重贞（福冈县），以及萩烧的李敬（山口县），都是日本陶瓷的开拓者，大抵上都是韩国人。

到底是谁先开始的呢？众说纷纭，不过学界一致倾向是由1616年来自韩国忠清道金江的李参平，利用有田町的泉山陶石所烧制的白瓷，是日本第一批正式烧制的瓷器。李参平也因此被奉为“陶祖”，在有田町东南侧坡地上还有供奉李参平的陶山神社。

今天，陶祖李参平窑仍在大街上占有一席之地，目前的窑主十四代目金江三兵卫仍积极复原17世纪的青白瓷。

号称三百年历史的香兰社也值得走一趟。18世纪到20世纪初，大量出口到西欧及伊斯兰世界的，就是香兰社量产的套装茶具。从二楼的陈列室开始是不错的选择，我在维也纳熊布朗宫就看过几套一模一样的咖啡组。目前，香兰社也是皇室爱用的瓷器品牌之一。

荫翳的传统之美——洋洋阁

九州真正让我流连难舍的，还是洋洋阁的大河内先生。

第一次造访唐津的朋友，对于此地的印象往往只停留在“一乐二

洋洋阁内的艺廊

隆太窑陶花守

隆太窑陶器

洋洋阁主人大河内明彦

荻三唐津”的“唐津烧”，多了解一些的人，也许还知道唐津神社的秋季例大祭——唐津祭（唐津くんち），从赤狮子、浦岛太郎、古代名将的头盔（兜）、飞龙到宝船，总共有十四座巨型山车。我可以大胆地说，唐津祭的曳山是全日本最可爱的艺阁。无缘参加祭典的旅行，平时可以前往“曳山展示场”端详这些讨喜的手工艺。

不过，我们之所以知道洋洋阁，是因为馆内特别设置了两间“隆太窑”的艺廊。隆太窑的主持目前为陶艺家中里隆。中里家是唐津烧第一名家，中里隆的父亲中里无庵，是第十二代中里太郎右卫门，而长兄中里逢庵则是第十三代。身为国际知名的陶艺家，中里隆选择走自己的路，他的作品不但保有唐津烧的质朴素雅，更有细腻的手感。

我喜欢中里隆的陶碗，想象在寒夜中温着烂酒，不禁让我想起乐山在《问刘十九》中“绿蚁新醅酒，红泥小火炉。晚来天欲雪，能饮一杯无？”的文人雅趣。

中里隆曾说：“美食强健人的体魄，美器则给予人心灵的力量。”洋洋阁备上的珍贵餐具，即大胆使用中里隆与其子中里太龟的陶艺作品。淡净清寂的唐津烧盛着简约而丰腴的料理，每个人都以不同层次的感动，品尝着来自玄界滩大海的恩赐。

另一间“花子之间”，展示的陶艺作器则充满纤细柔软的女性特色，全都出自中里隆的女儿中里花子之手。也因为这两大名窑的展示间，你会看到许多慕名而至的旅人登门拜访。

与我分享洋洋阁、唐津烧与日本美学的，是现年已经八十岁的大河内先生。

大河内明彦是一位雍容有礼的老士绅，活像是从夏目漱石小说走出来的角色那样兴味盎然。我和大河内先生在书斋聊天。从日本酒、茶

洋洋阁

道、陶瓷器到昭和年代，大河内先生总是从容优雅地侃侃而谈。

让我意外的是，在漫长的岁月中，洋洋阁历经种种打击，祝融、水灾、虫蛀、经济萧条……好多次明彦先生的父亲动心起念，想把旅馆卖了，换成股票或现金比较实在。不过明彦先生还是说服了父亲，将旅馆交给他经营，后续如何，看看营运成果再做定夺。就这样，五十年又过去了，洋洋阁依旧屹立在玄界滩。

将近二十年前，一场台风让洋洋阁改头换面。因为屋况老旧，在抵御暴风的过程中蒙受重大损失，当时大家都认为没救了。不过大河内先生仍请建筑师柿沼守利设计重建，终于在平成十三年，洋洋阁重新投入市场营运。

洋洋阁具有某种独特的大和之美，到底是什么呢？谷崎润一郎在《荫翳礼赞》中，感叹现代人遗忘了传统之美。这种传统美，来自“荫翳”，黑暗创造含蓄且具无比想象空间的美，也是东方美学的精髓。谷崎润一郎从多重视角探讨“荫翳”的重要性。

他认为日本、中国等东方文化的颜色基调都偏暗，从建筑、家具到生活用品比较多深棕、暗红，传统建筑窗口也很小，使得建筑内部空间幽暗。室内总是阴暗，很不明亮，却在阴暗中创造了美。幽暗中透出的光线，延伸人的思绪与想象；日本料理善于用使用深色器皿，用来呈现明暗对比的美学感受，也让人更有食欲。

当我与大河内先生讨论谷崎润一郎与市川崑对《细雪》的看法时，我想到晚餐有一道料理是用伊万里烧盛上，大河内先生激动地表示不可能。不过后来请女将（女服务员）来求证属实后，老先生他竟然端坐正色，向我道歉，并且表示“这种事”不会再发生。从这种小细节，就可以了解维系“传统”与“美”，需要多么强大的坚持与意志。

大阪城天守阁黄金茶室（复原）

洋洋阁的每个细节，都让旅人体会到消逝的荫翳之美。即使是日正当中，室内仍像被降低了亮度与彩度般，当然，每个角落都有大面积的采光，不过这并不代表屋内是“阴暗”的，相反的，每个物品都暖暖地透出内敛的光彩，予人飘浮在真实与虚幻之间的神秘感受。

我想到大阪城天守阁内瑰丽奇特的黄金茶室。因为荫翳，金色才显得动人。至于丰臣秀吉那种悍妇骂街、唯我独尊的霸道之美，现在想想，实在是太肤浅了。

九州——日本近代化的基础

很多台湾人到日本自驾旅游的第一个地点，就是九州。这里的路线简单，没有太多山路，停车又方便（除了福冈市区外），本书推荐的五条自驾游行程，难度最低的就是九州这条路线。

鹿儿岛位于九州的最南方，这里的风景和台湾有点像，道路两旁的椰子树，配上灿烂的阳光与海景，让人有种身在南洋的错觉。鹿儿岛著名的美食除了黑毛猪、萨摩地鸡、黑毛和牛，还有拉面和芒果，一定要试试！

矶工艺馆

对历史控来说，仙岩园和尚古集成馆是必访之处。这一区见证了日本近代化的基础，以登录世界遗产为经营目标。但我期待的其实是隔壁的矶工艺馆。

因为爱喝清酒，在东京旅行时发现一种特别的杯子，它可以让口感

萨摩切子

1985年后，民间有计划地复兴传统工艺。这种被称为“萨摩切子”的玻璃制品，曾经与肌理白皙的萨摩烧一起，在西欧蔚然成风。受欢迎的程度比起今天的熊本熊（くまモン）与船梨精（子なっしー）有过之而无不及。

萨摩切子自古以红色、蓝色、绿色、黄色和金红色为主，2005年加入了新研发的“岛津紫”，也非常受欢迎。

在矶工艺馆旁的仙岩园内，另有一家萨摩切子卖店，展示的切子都像是艺术品，即使不购买，也很建议入内参观，就当是无料（免费）的展览吧！

矶工艺馆

矶工艺馆展示

萨摩切子

一般的清酒，变成顺口的佳酿，那就是“江户切子”。“切子”是雕有花纹的玻璃。看过萨摩切子后，我就一直无法忘怀那独一无二的精细花样与梦幻般的色彩。

矶工艺馆内有展示贩售种类众多的萨摩切子，每一件物品都独一无二。因为萨摩切子是以纯手工刻画出精细的图样，即便颜色花纹相同，仔细一看，都还是看得出有些微差异。

19世纪，由于西欧与日本要求开国通商，当时萨摩藩（现在的鹿儿岛）第十一代藩主岛津齐彬为了使日本成为更强大富有的国家，便开发萨摩切子作为贸易商品。

萨摩切子是在透明度极高的水晶玻璃上铺厚厚一层（一至三毫米）有色玻璃，再刻出各种精致的花样。为了制造出渲染的效果，会在特定的位置涂上厚达二至三毫米的有色玻璃，创造出分明的层次。在光线映照下，切割的图案呈现出如同万花筒般的几何图形，随着光线流转而姿态万千。

指宿温泉·白水馆

指宿温泉盛名远播，是南九州最大的温泉乡，也是日本唯一的天然沙浴温泉。这一带的地底硫黄温泉把海边沙滩加热，形成了天然高温沙土。穿着浴衣躺在硫黄温泉加热的沙滩中，就像泡天然三温暖。

指宿以温泉闻名，下榻在白水馆的优点是：

一、在馆内就设有沙浴温泉，不用到户外去，对女性来说真的十分方便。馆内的说明简介写着：对于神经痛、风湿痛、腰痛、关节痛、胃肠病、便秘、肥胖、全身美容等有效。（也太神奇了吧！）

萨摩传承馆

馆内展示（白萨摩烧）

换上浴衣走进沙浴馆，可看到地上一个一个的坑，服务人员会请你自己选一个。接着，旁边的工作人员铲沙将人的整个身体埋住（颈部以下），一般约十五分钟就可以起来了。正前方有时钟，要泡几分钟可自行决定。

沙浴与一般泡汤感觉不同，因为在沙子的重量覆盖下，身体血液循环的速度会加快，皮肤较敏感的人，浴衣最好将身体完全包覆，不要直接接触热沙。

二、住宿白水馆，除了可以体验沙浴温泉之外，另外有一幢很特别的建筑物，那就是萨摩传承馆。这幢建筑是仿京都宇治的平等院而建，展品的质与量都让人大感惊喜。

萨摩传承馆以白水馆的创始人与两代会长的收藏品为主，展示萨摩地区的相关历史文物。这里除了古日本贵族使用的珍贵白萨摩瓷器外，还展示了来自中国的汝窑。

人吉·清流山水花旅馆

前往熊本的路上，我们选择住在人吉。这里自古是熊本、宫崎、鹿儿岛之间的交通要冲，“人吉”之名即源于来往的人们须在此地住宿。近代随着快速道路和新干线通车，人们不再需要停留于此，人吉也逐渐没落。但人吉、球磨盛产的烧酎非常好喝，美食也非常丰富。

我们住宿当地有名的清流山水花旅馆，旅馆紧临着球磨川，景色十分美丽。夏天的球磨川是著名的泛舟胜地，吸引很多日本国内的观光客前来。附近有家百年的鳗鱼专门店，蒲烧鳗定食与炸鳗鱼骨绝对不能错过！

百年鳗鱼料理专门店

炸鳗鱼骨

鳗鱼定食

米塚

呼子乌贼

旅馆附设的卖店，贩售许多球磨与人吉的限定烧酎。夜晚的人吉无处可去，我们索性待在旅馆的休憩区，除了有看不完的日本深度旅游杂志，还有免费的烧酎让人随意取用。

往阿苏火山的路上，我一直期待看见憧憬的草千里浜与米冢。但因为是冬季，完全看不到著名的绿色大草原，只有一片迷雾与枯草，仿佛是电影《魔戒》中半兽人的要塞。我们失望地离开，继续往佐贺前进。

秘窑之里

说到佐贺，最让我期待的就是唐津烧与呼子乌贼。

走一趟大川内山的窑元，就能理解，伊万里烧的主要特色是精致的描绘花样。如果不想花时间一一走访窑元，又想快速了解大川内山各个窑元的特色，建议先到停车场旁边的伊万里锅岛烧会馆逛逛，里面展示贩售各窑的代表性商品。

“伊万里”这个名字得名于伊万里港，生产、制造后于伊万里港装运出货到世界各地，并广受欧洲贵族喜爱。但伊万里创生的过程是个悲伤的故事。创造出这项工艺技术的是一群从朝鲜来到日本的陶瓷工匠，为了避免珍贵的窑烧技术外传，所有的朝鲜陶匠在严密的监控下，再也无法走出大川内山，最后客死异乡。因此大川内山又称为秘窑之里。

离开伊万里后，我们到达有田，这里与伊万里的风景截然不同，两旁卖陶器的店家几乎都是古老的建筑物。就算对有田烧没兴趣，在洋溢着日式怀旧风情的街道散散步也很棒。皿山街道上有江户、明治、大

伊万里烧

秘窑之里

正、昭和各个时代留下来的建筑物，这一区也被日本选为重要传统建筑物保存区。

波佐见·日本文青胜地

很多人来到佐贺，一定会到访有田、伊万里，两地只隔二十分钟车程。其实只要再多开一小段路，就可以去看看波佐见这个好地方。虽然波佐见位于长崎县，不在佐贺，但从伊万里开车到波佐见只需三十分钟。

波佐见是日本文青的新兴胜地，许多受欢迎的日本食器品牌都来自波佐见。陶艺家在此创立自己的品牌，联手把波佐见打造成今天的文创天堂。只可惜，这里的陶坊位置大都很分散，开车会比较方便。

波佐见陶瓷器被日本人称为“日常使用的器皿”，所有的设计都以生活中方便使用为宗旨，与时代也没有背离感。除了简洁的设计深受日本人喜爱外，其本身质感也属上乘。在日本百货公司陈列的食器产品，绝大部分都来自这里，购买的价格也会比百货公司便宜许多。

这里有几家由老旧废弃窑烧工厂改成的展览场地、咖啡厅、陶瓷器卖店，周末的下午，随处可见日本年轻人到这里来约会、拍照。看过伊万里与有田烧之后，波佐见的陶瓷器反倒更让我流连忘返。

在波佐见中尾山的陶艺之里，除了可以看见美丽的田园风光，这里也有许多陶艺坊可逛。“陶房青”是此地很受欢迎的陶坊之一，百看不厌的可爱设计，时常吸引许多粉丝不远千里而来。

如果开车前来波佐见，别忘了到处晃晃，相信这里会有惊喜等你发现。

Shady

波佐见陶瓷小店

白山陶器　在日本的大型百货公司中随处可见，经常得到日本Good Design奖肯定。来到波佐见，一定不能错过的就是白山陶器。不管是酱油瓶还是茶碗等各式器皿，都可以找到适合自己的，门口还附有专属停车场。

松原工房　两位女性陶艺作家所设计的商品，深受日本年轻女性喜爱。粉嫩的色系与简单的图案，每一件都让人爱不释手。

南创库　陈列的商品不论设计或质感都是独一无二的，如果喜欢在东京逛南青山与自由之丘的生活杂货店，在南创库绝对可以找到你钟爱的商品。

Monné Porte　喜爱文具商品的人不能错过的好店。

HANA　由制陶所改装而成的下午茶店，也贩卖生活杂货。

南创库

Monné Porte

HANA

唐津烧

日本三大茶碗依序是乐烧、萩烧和唐津烧。唐津烧是以唐津市为主要生产地的陶器。早期也是由朝鲜陶工传入制陶技术，代表作品以茶器为主。因为受朝鲜陶器的影响，唐津烧带有田园质朴的风格与手感。

洋洋阁——美食与器皿的对话

洋洋阁绝对给我在日本居住和式旅馆最难忘的体验。

很少选择没有附带温泉的日式旅馆，但因为考虑到第二天要前往唐津、伊万里，所以选择住宿在此。但在此住宿的美好体验，竟让我不禁窃喜，自己是如此的幸运！

洋洋阁这家旅馆共有三个艺廊，其中两间收藏展示著名的隆太窑——唐津烧名家中里隆的陶瓷器，其中一间艺廊的瓷砖地板，也是中里隆设计制作。许多洋洋阁的访客，都是特意前来艺廊参观唐津烧的。

从旅馆的花器到晚餐所使用的食器，几乎都是使用中里隆制作的唐

餐点

庭院设计

摆设

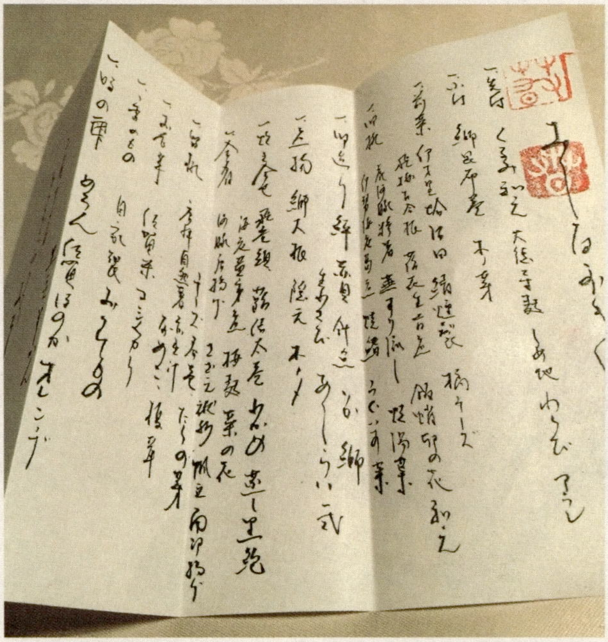

手写

津烧。每一件都值得细细观赏。而这家旅馆从花艺师到主厨，手艺都令人十分佩服，晚餐更是让人无比惊喜。

旅馆内的房间摆设与庭院设计，营造出独特的氛围，让人流连驻足，不忍离去。在阅览室里，听闻隔壁的旅客聊天，他们几乎每年都会前来入住。

建议行程

第1天

台北～鹿儿岛，夜宿指宿温泉·白水馆

第2天

知览～开闻岳，夜宿人吉·清流山水花旅馆

第3天

阿苏火山，夜宿熊本市

第4天

佐贺～呼子、唐津，夜宿唐津·洋洋阁

第5天

伊万里、波佐见，夜宿福冈

4

丹后半岛——文化景观的原点

间人・伊根・天桥立

“这里有鬼。”

“这里有鬼？！”

“不过差不多是一千年前的事了。”

“你很无聊耶，干吗要这样吓人家啦！”

我翻开手上的书，指着其中一页：“呐！就是这个！”

“这哪会恐怖？很可爱啊！”

平安时代的魔鬼克星

平安时代正历年间（990～995年），京都传出离奇事件，许多少男少女失踪，搞得都城人心惶惶，皇室公卿都无可奈何。几个月后，就连权倾朝野的摄政太政大臣藤原道长的女儿也失踪。这下可闹大了！不过即使明察暗访，布下天罗地网，也查不出个所以然。计无可出的一条天皇，请阴阳师安倍晴明想想办法。晴明占卜过后，斩钉截铁地告诉天皇：“山里面有鬼，不见的小朋友都是被鬼抓走的。”

这个妖怪叫酒吞童子，根据鸟山石燕《今昔画图续百鬼》的说明，酒吞童子住在丹后，手下有熊童子、虎熊童子、星熊童子、金熊童子等四大护法，同时也是百鬼统领，与玉藻前（白面金毛九尾狐）及崇德天皇的怨灵合称为平安时代的三大恶鬼。

在打鬼还不能外包的年代，什么事还是自己动手比较实在。贵族公卿们花了好一段时间讨论谁是那个倒霉鬼，最后决定推派源赖光作为代表，陪同诗人藤原保昌（他后来娶了和泉式部日记的作者和泉式部），与家臣渡边纲、坂田金时（他就是小时候跟熊玩相扑的金太郎）、堆井贞光与卜部季武等一行六人组成特遣队，前往丹波国的大江

《大江山绘卷》

《土蜘蛛草纸》

山打鬼。旅途中奇遇不断，碰到了许多老先生、老太太、老和尚与小和尚，其实都是山神变的，目的是帮助源赖光搞清楚状况，并送给一行人隐形蓑笠、神兵利器等神奇宝物协助打怪。

在各国妖魔鬼怪的故事中，妖怪有几件事是一定要做的：除了抓小女生外，最重要的是天天喝酒开趴。史诗《奥德赛》里的独眼巨人，就是因为喝醉酒才让尤里西斯刺瞎的；格林童话《杰克与豌豆》中的巨人，也是因为酩酊困顿后，杰克才有机会逃跑。当然，大江山的酒吞童子也不例外，源赖光来的时候，这么巧，妖怪都喝醉了。

接下来的故事，大概用头皮想也想得出来。源赖光等与恶鬼一阵激战（不知道诗人是来做什么的？），最后终于砍下酒吞童子的头，将山寨搜刮一空后（当然也救出被抓的小朋友们），将战利品放在牛车上，浩浩荡荡地凯旋，完成了一次不可能的任务。

后来这支平安时代的魔鬼克星实在是太受欢迎，又接拍了许多续集，以团体或单飞的方式，解决诸多疑难杂症：在京都洛中一条戾桥与茨木童子大战、在京南的罗生门杀鬼、在堆冰垭口斩杀蛇妖、对抗奈良山里恐怖的土蜘蛛、专门吃观光客的山姥，以及能施咒隔空杀人的泷夜叉姬……这些英勇事迹，分别被收录在《今昔物语集》《宇治拾遗物语》与《御伽草子》等志怪小说中。

“大江山鬼退治”的传奇，后来也衍生其他的故事形式：能、谣曲、雅乐、净琉璃、歌舞伎、电影、宝冢歌剧、卡通、漫画与游戏。我手上的书，是14世纪初相当受欢迎的《大江山绘词》复刻版。室町时代的绘卷工笔风雅细致，带着些许童稚天真的浪漫气息，画家以最简单的笔触，将酒吞童子烂醉如泥的丑态、被众将官压倒在地的惊慌，以及源赖光队伍不可一世的志得意满情境，细细勾勒。

《酒吞童子绘卷》

《鸟兽人物戏画》甲卷，部分放大

《鸟兽人物戏画》甲卷，追逐小偷猴子的兔子和青蛙

我喜欢绘卷说故事的方式，随着画卷的舒展，每回都有娓娓道来的微妙感动。即使是我不甚喜爱的《酒吞童子绘卷》，虽然狩野元信过度修饰的笔调及用色，破坏了故事欲语还休的美感，但仍是一幅有意思的作品。

奈良时代（710~794年）所完成的《绘因果经》，是日本古典绘卷的滥觞。当时所有的绘卷都是“唐绘”，具有浓厚的大陆色彩。平安时代朝廷结束遣唐使的交流后，本土意识抬头，由贵族公卿所引领的“国风文化”一时蔚然，绘卷表现逐渐转变成“大和绘”。《源氏物语绘卷》《信贵山缘起》《伴大纳言绘卷》《鸟兽人物戏画》，并列为平安时代的四大绘卷。

我个人最喜爱的，是热闹有趣的《鸟兽人物戏画》。

暗讽僧团特权跋扈嚣张的《鸟兽人物戏画》，以诙谐幽默的笔势将动物举手投足拟人化，反映出市井与公卿平凡的日常：戏水、射箭、法事、吵架争执，每个动作都活灵活现，每笔描摹也惟妙惟肖。充满动能与速度感的构图，紧凑却不密集。我喜欢搞小动作的青蛙、假正经的狐狸、过动儿般的兔子与猴子，每个都喜感十足，戏感连连。

从京都纵贯自动车道看去，远方的大江山，似乎也染上几许绘卷的诡谲与浪漫。

日本山水画始祖

1500年，四十八岁的达·芬奇离开米兰回到佛罗伦萨，留下刚完成不久的《最后的晚餐》让世人惊艳；二十五岁的米开朗琪罗，也在罗马完成《圣殇》后返抵托斯卡尼，准备接下共和国的新委托案，内

京都纵贯自动车道远眺大江山

容是一尊前所未有的大理石像；十七岁的拉斐尔刚从老师佩鲁吉诺门下结业，至于未来要去哪里，做什么，还没有下定决心。这年，“明”（Ming）才一岁。“明”是一只长约九厘米的北极蛤，出生于中国明朝弘治十二年，所以学者昵称它为“明”，这只神奇的北极蛤2006年在冰岛海底被捕获前，总共活了五百零七岁，是目前地球上已知最长寿的动物。

日本的室町幕府则是明应九年，将军足利义澄无力处理日益纷乱的局势，生灵涂炭的战国乱世已进入初始阶段。

这一年冬天，有一位年逾八十的老先生，在丹后半岛的宫津湾畔踽踽独行。他可能在弟子的陪同下，在野地里将画纸摊开，备好墨笔后，细细地描摹对岸的一草一木；也可能老先生就像我现在一样，无所用心地坐在这里，慢慢享受这雪霁天晴的片刻清幽，晚上挂单寺院时，在昏黄摇曳的烛火之下，胸有丘壑地画下日间的所闻所见。

这幅作品也是以绘卷的形式创作，是山水绘卷的一种；夏珪的《长江万里图》就是山水画卷经典范例。老先生以“架空”的视点，强劲的墨线刻画远景，却用淡墨誊摹近物，造成了某种错视；错以为我们是全能的天神，以全知的观点鸟瞰海湾，画家运用实际观察与想象，建构出完整且具有纵深的视野。特别的是，画面的中心点，是空无一物的海湾狭道，这样的构图即使在现代也显得与众不同。狭道的右侧，是绵长洁白的沙洲，苍劲的古松在白沙上显得挺拔。

画卷右方险峭的山势直削而下，依山而建的寺院、苦寒枯冻的乔木，还有蒸腾虚渺的雾霭，天地不仁的严峻以淋漓尽致的方式呈示。而左方水道伸入的峡湾，仿佛是另一个季节般，秋意未销的林梢，有微微的霜色，稀疏的树叶隐现了匿而不宣的生机与人情味。

《天桥立图》

目前收藏在国立京都博物馆的《天桥立图》，是日本山水画的始祖，也被认定为艺术国宝。画家雪舟出生于备中赤滨（冈山县），十岁时进入京都相国寺出家，跟着春林周藤修禅，也和画僧天章周文学习。室町时代的山水画有一定的格式，以纵长的构图来强调高远，最主要就是模仿中国的画家马远与夏珪等人，以强而有力的线条对角线构图。后世称这种风格叫“周文样式”，画家并没有走出户外，只是凭记忆或是看过的山水画来创作。室町时代的山水画没有画过日本列岛的风景，和中国山水的传统比较，让人有南橘北枳的感叹。

毕竟，中国山水画的彝美崇高，是艺术史上的完美典型。

或许很多人会想，中国的山水画，只是黑白的墨色晕染，并没有太大感动。实际上，当我们将提香、普桑、康斯坦伯或是莫奈的画作抽去色彩，情感浓度骤减，像是失去灵魂的洋娃娃一样可悲；国画如果使用黑白冲印，或许会稍稍褪减其中力度，但庄严恢宏的神采依旧迷人。

中国五代后梁画家荆浩所创作的《匡庐图》，就是这样一幅肃穆刚健的作品。

中国山水画会使用深浅浓淡的墨色，以不同的笔触皴擦峰峦的块面，呈现山岩的质感与画家对自然的感受，艺术史家称之为“皴法”。而在构图布局上有所谓的三远：平远、深远、高远。如果我们直视海平面，从现场延伸到不可及的远方，这就是“平远”；“远上寒山石径斜，白云生处有人家”的踯躅盘桓，就是“深远”；而仰之弥高，钻之弥坚的感慨，则是“高远”。

了解这些之后，我们再回头欣赏《匡庐图》，感受就更深了。

在荆浩的山水世界里，庐山的远峰端正挺拔，画家用干涩粗粝的笔锋（称之为“雨点皴”）堆叠出坚韧的肌理，嶙峋的山壁让人望而生畏，但却用浓墨蘸润了峰顶，带来些许春意。中景的山峦雄健疏朗，荆浩用短笔劈斫刻画（这是“斧劈皴”），虽然厚重但绝不沉闷，而近景舒缓静谧，是因为画家用淡墨勾陈，铺陈出淡泊可以明志的胸怀。《匡庐图》大器雄浑，却隐含着天尊地卑的谦逊，透过画家对自然磅礴伟大的仰慕，带我们从卑微琐碎的窘狭现实中超脱。

中国的山水画从五代自成一格，在北宋完备，范宽的《溪山行旅图》可说是艺术典型的完成，之前以后，再也没有任何水墨山水能攀登《溪山行旅图》的美学高峰。色彩绮丽的《明皇幸蜀图》，缺少深度与厚度；四面斩绝、不通人迹的《关山行旅》是无声无息的标本箱；李成的《晴峦萧寺图》奥远优雅，但都缺乏《匡庐图》与《溪山行旅图》的神圣庄严。

这种崇高凛冽的理想之美早已远去，中日韩三地，许多画家竭心尽力，但再也达不到范宽与荆浩的伟大境界。

东方的水墨山水，从崇高进入到可居可游的浪漫空间。

从黄公望的抒发浪漫怀想的《富春山居》、王蒙的《东山草堂图》，到倪瓒的《容膝斋图》与吴镇的《双松图》，我们都可以发现写意山水在情感抉择与个人特质表现中徘徊。

回顾唐末到元代的山水画发展，我们可以发现随着时代不同，美学上的追求也在改变。晚唐五代写实主义的赏心悦目，进入北宋探索神秘与崇高的自然感受；然后是南宋元朝沉寂反省，进入到黄公望追求纯粹“美”的内在感受。

雪舟的绘画老师天章周文，正是接续中国水墨演进传统的末流。当然，老师的识见也局限了学生的视野。

所幸，雪舟是个有想法的画家，不满老是受限于第二手、第三手资

《匡庐图》

《秋冬山水图·秋景》

讯，而难有突破。终于，1468 年暮春初夏，也就是画家四十八岁的时候，雪舟随着遣明船前往中国，从宁波上岸，开始为期两年的“修学旅行”。后来还透过人情关系与介绍引荐，拜明初名家李在门下学习“真正的”水墨山水。这两年时间，除了临摹李唐、郭熙、李在、戴进与夏珪的画作外，雪舟也在江南一带游历，增广见闻。在旅行过程中，雪舟也在中国留下一些作品，今天，江南的博物馆还可以欣赏他的作品。

两年后，雪舟返回日本，透过旅行与写生，陆陆续续发表了一些作品，建立了名声，也受到武家贵族的重视。被列为日本国宝的《秋冬山水图》《四季山水图卷》《破墨山水图》都可以看到雪舟写实致密的江南画风。

荒里废墟中诞生的新思潮

从流水年华中探索艺术，是一件有趣的事。

无论中国还是日本，山水画都是以水墨线条为基础，来表现一切物象的轮廓、明暗、质感，而且还用水墨线条来揭示物象的内在精神和画家的思想感情。水墨线条的“形式美”，要求画家的线条既苍劲又腴润（要枯而能润），其次要达到既不柔弱又不刚愎的完美境界（刚柔相济），最后还要完成内在与形式的统一（有质有韵）。所以画家为了掌握运笔的方法技巧，一定要学画法，真、篆、行、草都练过一点，才能掌握“笔意”。而学书法也和个性有关，到最后，每个人能掌握与熟练的水墨线条不尽相同，因此山水画表现出来也不一样。依据书法风格与意象，日本山水画也有“楷”“行”“草”的分别。

所谓的“楷”就是楷书，一笔一画地琢磨，小心审慎且巨细靡遗地将山石的肌理、湖面的涟漪、渔翁的蓑笠细节勾勒出来，画风工整端正。“行”就是行书，运笔流畅利落，画风也比较自由潇洒；不过也因如此，细节显得简单率性。最后的“草”当然就是草书，这种画风更夸张纵肆，跌宕错落，稍微任性的画家，就用两三滴墨点代表渔火，三四画枯笔就描出远山近江，这类山水画就是从写实进入写意的抽象描绘。

在日本，写意的泼墨山水只流行过一段不算长时间，最主要还集中在室町时代中期到江户时代初期（15世纪中叶到17世纪上半叶），其他时期的山水画大部分仍以“楷”及“行”为主。室町时代中期之前，则完全没有“草”的存在，1470年后，代表神秘、深邃、幽远、侘寂的艺术形式如雨后春笋般出现，换句话说，背后有看不见的手在推动一切。雪舟所代表的幽玄与写意，之所以受到重视，其实和这只看不见的手——“东山文化”有密切关联。

中世纪即将结束的室町时代（1336～1573年），政治、经济、社会局势都不甚稳定。即使有优雅、唯美的贵族文化，但只是足利幕府自鸣得意的挥霍，挽回不了旁落式微的政权。1476年，应仁之乱爆发，长达十一年的动乱摧毁京都，六百年的繁华付之一炬。公卿贵族逃到乡野丹后，将军则躲在银阁寺不问世事，任由都城荒芜，最后十室九空，京都沦为死城。

应仁之乱到底给京都怎样的伤害？《千年繁华》的作者寿岳章子有个小故事可以说明。

某一天，一位出身贵族的老太太和章子话家常，结果聊到了古美术。

老太太说：“我们家以前也有很棒的古董，不过战争的时候全烧掉了……”

章子大惊失色地问：“第二次世界大战时，京都不是没遭到轰炸吗？”

老太太白了一眼后说：“谁跟你讲太平洋战争啊？我在跟你说应仁之乱啦！”

看来，老太太还是对五百年前的战火愤懑不平。

今天的京都，是在应仁之乱后重建，因此虽然号称“千年”，六百年之前的建筑却几乎没有。即使是贵为将军的足利义政，也只能躲在银阁寺唉声叹气。

象征富饶的贵族文化已死，在空无一物的大地上，新思潮在荒里废墟中诞生。

现代日本文化的根基

我们再把时间往后推，来到第二次世界大战刚结束的欧洲。年轻一代的知识分子在废墟中成长，在目睹了大规模死亡与无意义的破坏后，对世界充满了失望与怀疑。忧郁、苦闷、焦虑的悲观情绪主宰了他们的内心，因此，存在主义式的“虚无”成为电影、文学、音乐与绘画的主题。

同样的，应仁之乱后的京都，一切又回到原点，从天皇到百姓，都过着一贫如洗的生活，佛家的“空”与“无”也从王谢堂前燕，飞入寻常百姓的家中。形而上的“虚”，落实成为生活中挥之不去的梦魇。

雪舟在应仁之乱那年渡华留学，两年后回到日本。崇尚写实与唯美的“楷”与“行”没落，符合战后社会现实的萧瑟清冷的“草”逐渐进入主流。东山文化流行的时间约莫从1476年到1510年左右，这一世代的变革却留下深远的影响。

银阁寺

茶人村田珠光开创了以“侘寂”为核心的茶道。龙安寺方丈庭园、大德寺大仙院庭院的枯山水也在这个时期完成。京都六角堂的僧侣池坊专庆，确立了“华道”中立华（りっか）、生花（せいか）与投入（なげいれ）等表现形式。出身公卿世家的三条西实隆在避难中领悟了“静中成友”的孤零，为“香道”立下基石。狩野正信、土佐光信两人的绘画，分别成为堂皇富丽的狩野画派与粗犷内敛的土佐画派两大系统，在江户时代更发展成浮世绘、漫画、琳派等艺术潮流。就连大家耳熟能详的一休宗纯（一休和尚），也是东山文化的代表人物。

东山文化可类比成灭绝后的寒武纪大爆发。地质学家在五亿三千万年前的寒武纪前期，发现化石瞬间大量出现的奇特现象，几乎所有动物的“门”都在这一时期出现，生物多样性就此诞生。反观东山文化的创造——茶道、花道、香道、绘画、书法、枯山水……形成了现代日本文化根基，进而影响全世界。

雪舟的感性，有很大一部分来自国破山河在的飘零，在走过吴侬软语、沉稳跌宕的江南山水后，最终，内心牵挂的，仍是城春草木深的故园。因此，雪舟的笔总是饱含了情感，他笔下的美，是伸手触碰回忆，探求可望却不可即的美，满布物是人非事事休的伤感。

感受时间的朴拙荒凉

《天桥立图》正是雪舟日薄西山的天鹅之歌。有人说这幅画过于写实精细，不像是东山文化“草”的风格。有些学者推敲，可能是按主公大内氏的要求，前来卧底测绘的形势图，为日后大内氏可能的军事冲突先做准备。但我宁可将《天桥立图》视为画家晚年的心境写照，画面上的留白是云霓，也是深雪，更是画家周游列国后云淡风轻的写意。

“都八十岁了，还要争什么呢？”雪舟或许心里闪过类似的念头。

这抹留白，让我踏上旅程，遥遥迢迢地来到天桥立。

传说雪舟非常喜欢倪瓒，尤其是晚年的作品。

倪瓒晚年以不设色、不着人物著名。有人曾经问过倪瓒：“为什么不画人呢？”画家回答：“天地间安有人在？”什么是“天地间无人”，可以用倪瓒自己写过的散曲《折桂令》来回答：

草茫茫秦汉陵阙，世代兴亡，却便似月影圆缺。

山人家堆案图书，当窗松桂，满地薇蕨。

侯门深何须刺谒？白云自可怡悦。

到如今世事难说，天地间不见一个英雄，不见一个豪杰！

秦汉两朝的帝侯陵墓早已埋在茫茫野草下，之后历朝历代的江山易主，就像月亮那样变幻无常，司空见惯。我家堆满了书画，窗前栽的是松柏秋桂，野蔓爬满了整座庭园。深似海的侯门我不想知道，何必去自讨没趣呢？轻闲的白云也有属于自己的快乐。如今世事依旧不堪，放眼望去，普天之下，竟见不到一个英雄豪杰。

现在，我坐在和雪舟作画同一个所在，感受时间的朴拙荒凉。

福至心灵的神来一笔——《慧可断臂》

不过我个人最喜爱的，是另一幅有点奇怪的《慧可断臂》图。

根据禅宗公案以讹传讹的故事，达摩祖师在少林寺面壁求道时，

《慧可断臂》

慧可前来拜访，达摩硬是不肯，为了表示决心，慧可自行将左臂切下，达摩深受感动（或者是吓坏了），于是收慧可为徒。

第一次看到雪舟的《慧可断臂》，我心想，这白衣的触感未免太厉害了吧！画面明显经过了岁月的洗练，达摩的白袍却散发出温暖体温，一种具有厚重质量的存在感。雪舟似乎是用很急促的笔触去勾勒达摩的白袍，粗糙的轮廓却让人无比安心。我不断地被白袍及达摩淡漠的眼神所吸引，淡淡拙拙的白色块体，好像鸡蛋一样，有某种看不见的东西在里头酝酿成长。

若没有仔细看，你不会发现慧可的手已经断了。

画面中的慧可，右手托着白纱，将左手腕捧在上头，看看左手腕的后端，有一条细细的血痕，告诉我们，“这只手可没有连在身上哦！”

达摩身上的白与慧可手上的红，加深了画面的神秘感受，即使雪舟在水墨山水上仍然无法突破时代的关隘，但光凭一张《慧可断臂》，就让人回味无穷，留名青史！

领略天地的节奏与变幻

天桥立有所谓的“四大观”，位于狮子崎稻荷神社的雪舟观，相传这里就是雪舟画下《天桥立图》的所在。从崎顶西眺，大江山与天桥立相互托衬，秀丽可亲。从遥远的大内岭看过来则是“一字观”，大海与松林辉映成趣。著名的宫津湾北侧伞松公园开发最早，从股下看过去的“升龙观”给人一种令人头晕目眩，但又莫以名之的视觉冲击。从文殊山看过去的“飞龙观”，我个人认为最优雅，也最具风味，《丹后风土记》记载着上古神祇伊邪那岐，就是在这里将漂浮在汪洋上的岛屿联

与谢芜村《鸢鸦图》

成陆地。

在天桥立的许多角落，都可以看到与谢芜村的俳句碑。与谢芜村是江户时代中期的俳人，俳句从深刻体验中提炼出来，在传统上关注与人们生活条件相关联的环境细节。俳句传达各种客观画面或感觉的沉思，而不是主观上的判断或分析。更简单地说，俳句就是运用富有情感的文字来描述一种气氛或情景的短诗。与谢芜村与松尾芭蕉并列为江户两大俳圣。

同时，他也是文人画的名家。芜村先是在江户学习俳谐，之后在日本各地流浪，足迹遍及东北、关东、近畿与四国。芜村很像19世纪末的塞尚，靠画画换些许填胞肚子的粮食，他的风格是柔润的南宗文人画。南宗文人画在明朝的沈周、文徵明、唐寅手上发扬光大，到了董其昌算是一个高峰，传到日本后，受到文人的喜爱，与谢芜村算是其中最重要的画家。

文人画是文人抒怀遣情的漫笔小品，可算是某种素人画。不过如此一来，与谢芜村就变成“素人画大家”；这就很奇怪了，素人怎么可以是大名家呢?

有些时候，并不是专业的最好。学院出身的创作者受过严谨缜密的专业训练，这自然是素人不及的所在。不过创作者也因为受限于“训练”，思考及创作都容易陷入“专业”的迷思而走不出来，这就是我们常说的“匠气”。

毕加索曾说自己十三岁就画得像拉斐尔一样好了，终其一生所追求的，是摆脱专业，“想画得像小孩子一样！”一代宗师如是说。

但是完全依照本能冲动来作画也不行，毕竟从构图到用色都有基本的规则，不按规矩是走不了太远的。

飞龙观

话说回来，芜村就是这样一个特别的存在。芜村的画笨拙可爱，挟着些许不经世事的天真，不过就仅此而已。每次看他的画，总觉得少了点什么，不过没办法，因为他是素人啊！让芜村的作品散发魅力的，是文学与绘画之间的神秘关联。东坡说王维“诗中有画，画中有诗”，同样的，与谢芜村的创作“画中有俳，俳中有画”。

漫步在天桥立的古松之间，偶然出现的俳句碑为旅程带来小小的惊奇。

天桥立的松木，来自日月自然的播种

在艺术上，所有的表现形式都含有自我毁灭的因子，例如端秀的古典主义堕入空洞贫乏，浪漫主义从流行走向庸俗，即使是伟大崇高的泼墨山水，最后也沦落到在闹市挤眉弄眼。不过天桥立的景致，却是造物者的奇迹，超越了一切人为与形式。古松、白沙与宁静的海面，构成超现实的寓意画。我喜欢天桥立沉静、不言而喻的美感，毕竟，如果所有的“美”都能透过文字及语言表达，那就不算是真正的“美”。

我踩在冬雪未霁的沙洲上，蹲下来，试着将白沙握在手上，想起了芜村在这里写下的：

春雨细细，润泽沙滩上的小贝壳

天桥立的美，在于带着我们领略天地的节奏与变幻。

如梦似幻天桥立

天桥立名物

很多台湾朋友去日本，美食是行程的一大重点。“和食”很强调食材的新鲜，一定要吃当令、当地的食物。只要到了产地，随便找一家餐厅走进去，基本上都是便宜又好吃。在这段路线中，无论是丹波地区的黑豆、天桥立的海瓜子盖饭，还是丹后半岛沿岸渔村的寒鰤，都让人回味无穷。

天桥立的海瓜子特别肥，在海瓜子盖饭中，可以吃到浓郁的海洋香气，它几乎没有什么调味，满满的都是海瓜子的鲜甜。而且物美价廉，海瓜子盖饭套餐只要一千日币。如果要在天桥立吃饭，海瓜子盖饭是值得一尝的特色名产。

以鱼浆制作的竹轮也是当地名物，很大一份，也只要日币四百元哦！

“天桥立”位于京都府的最北侧，是一座因地形与海潮流动堆积

竹轮

海瓜子盖饭定食

为何要开车前往

天桥立为日本三大名景之一，但前往天桥立的大众交通运输非常不便，需转乘进出天桥立的宫津线或宫福线，班次少且相当耗时，从京都过去，单程就要三小时左右，开车的话可以将时间减少至两个小时内。而且搭乘电车过去，出站后只能靠双腿或租脚踏车在附近逛逛，能够探索的区域有限，即便搭乘巴士，由于班次极少，也有诸多受限。开车可以沿途欣赏壮丽景色，适合拍照的地点都设有停车处，可尽情地停留拍照。

美山

从京都开往天桥立，途中会经过一个如同仙境般美丽的地方——美山町。这里也有合掌造的民居，虽然规模不像白川乡的合掌村（世界文化遗产之一）那么巨大壮观，但隐于深山的美山村落，一直深受日本文人雅士的喜爱。

而成的天然沙洲，“白沙绿松”是天桥立予人最强烈的视觉印象，深青色的古老松林沿着纯净细致的白沙而生，远远望去，一笔悠远淡然的松墨蜿蜒至天际。

天桥立广阔的沙洲与“白沙绿松”的景观曾申请提报为联合国世界自然遗产，由于旁边的沙滩是一处热闹的海水浴场，因为商业开发，导致自然地景的完整性不足，提报世界遗产的计划也只好中止。

在《丹后国风土记》的逸闻中，记载了天桥立的由来。传说伊邪那岐（日本创世传说的众神之父）造了一道通往女神宫殿（真名井原）的浮桥，每天都要过桥去与女神相聚。有一天，伊邪那岐在人间睡过头，这座浮桥就在他睡梦之时断裂，落入人间，化成了天桥立。

天桥立的冬与夏是完全不同的景致。夏季天桥立的海水浴场，白色沙滩上十分热闹；而冬季的天桥立在大雪的覆盖下，天地苍茫，颜色

雪舟观

日本三景碑

知恩寺的松树

乘船券

都消失了，沙滩上的人潮也消失了，只剩下深深浅浅的墨色，就像是一幅3D山水画，如梦似幻。

一般来说，天桥立有“四大观”，即四种观赏天桥立的经典角度：从宫津湾北侧伞松公园看过去的“升龙观”、宫津湾西侧大内卡一字观公园的“一字观”、宫津湾南侧文殊山的“飞龙观”、宫津湾东侧狮子崎稻荷神社的“雪舟观”。

第一次去天桥立，抵达时已是午后，我们把车停在知恩寺旁的停车场。知恩寺是天桥立南端的起点，寺中庭园的松树上绑满了签纸，传说如果抽到不好的签，把签纸绑在旁边的树上，就可以避开厄运。系着满满签纸的松树仿佛戴满了恶作剧的头花，那景象真是有趣极了！

天桥立散策

骑脚踏车穿越天桥立是一个非常棒的体验。日本人对游程的设计实在很贴心，你可以在南端的知恩寺停好车，到小天桥（回旋桥）附近租脚踏车，一路骑到北端的伞松公园山下，搭缆车上山顶观赏“升龙观”。下山后去码头附近还车乘船，凭券可回回旋桥，既不用担心脚踏车，又能一次体验到三种交通工具。

在天桥立周边，沿途会看到一种很有趣的设施。在向着海洋的路边，设有一个个“智慧之轮”，用来放置蜡烛，指引海上的渔船。

南端文殊山上的是“飞龙观”展望台。顾名思义，就是指天桥立沙洲的姿态犹如青龙般飞舞。站在“飞龙观”的角度背对海洋，弯腰从两腿之间看过去（所谓的“股观”），在颠倒的天地间，这片沙洲就像是一座蜿蜒连接天上的桥，所以被称为“天桥”。

一字观

大江山国定公园入口

“雪舟观”得名自15世纪时的日本山水画家雪舟。他在这个角度绘制的《天桥立图》，是创作生涯的巅峰之作，也是日本山水画的不朽名作。为了看到雪舟观，我们在大雪中艰难前进，好不容易到了附近，很多停车场都没有开放。

老实说，我认为雪舟观实在不怎么样。很多美好的事物，也许真的只能存在于想象之中，亲临现场往往会很失落。尤其是绘画，常带有许多浪漫的想象，实际上看到现场，就未必那么美了。我们两个旅行，也常在理性与浪漫之间拉扯。

一字观的观景位置比雪舟观更难抵达。因为地处偏僻的山上，开车要开很久。天桥立从南到北只有三公里，因为不能开车穿越，必须绕行旁边的海岸线，这段路程长达十公里。

我们在蜿蜒的山路与大雪中前进，随着GPS上目标愈来愈近，感觉就快要到达终点时，前方的道路竟然被大雪封住，完全无法前进，我只好把车停在路边。而他下车后，走了半个小时的山路，才看到传说中的一字观。为了看到自己想看的东西，不论是跋山涉水，真是什么艰难都可以突破啊！

景观名宿——玄妙庵

要观赏天桥立美景，最知名的旅馆就是玄妙庵。它位于文殊山的山腰上，位置绝佳，曾是天皇的下榻之处。天皇去住过之后，非常喜欢这里，一共去了五次。一般只要是天皇走访、住过的饭店都会被“加持”，价格变得很高，可是玄妙庵却没有因此而高不可攀。形式上虽然是传统的日式旅馆，却透过巧妙设计将周围景色纳入室内空间，让住客

山与海构成的秀丽面貌

不论是吃饭、泡澡、在房内休息，都能欣赏到“飞龙观”在云影天光中的各色美景，光是那个景，就已经值回“房价”。

尤其是冬天，玄妙庵是欣赏“飞龙观”雪景的首选。在严寒的冬季，海水浴场没有游客，更能体会天桥立的美。比起在冷风中踏雪，此时的天桥立更宜远观。大雪纷飞的时候，望出去是一片白色苍茫；当风雪稍停，万籁俱寂，窗外的山、水如凝结般静止，天桥立沙滩的白雪与黑松，远远近近山峦起伏的深浅墨色，才是最令人屏息的“绝景”。这样的景色需要一点运气才看得到，如果碰到大雪不止，或根本不下雪，就无缘得见了。

玄妙庵环境古雅，而且庵主收藏了很多东山魁夷的画作，阅读室内更有不少藏书，并且提供免费的清酒试饮，泡完汤后，很适合来这里放松一下。

丹后天桥立大江山国定公园

“丹后天桥立大江山国定公园”（名字好长！）是一条沿着岬角前行的海岸线，四季景色分明，山与海构成的秀丽面貌在不同时节各有风情，沿途可以将车速放慢，路边有规划停车的地方，通常都是拍照、看美景的最佳地点。夏季时，很适合带着小朋友的家庭开车来这里玩，沿途有很多海水浴场，环境整洁，可以放心地去玩水。

这段路曲折窄小，就像台湾滨海公路和阳明山巴拉卡公路的综合体。很窄的双向车道，一路上没有什么车，也没有什么人。路上的驾驶可能为了看风景，车速很慢，若是后面有来车，就将车子靠边，伸出手挥一挥，让后方超车开过去。

伊根舟屋

伊根这个地区有着日本特殊的“舟屋”文化，沿着海湾连绵成特殊的景观，长长的屋柱扎进海底。一楼是停泊船只的地方，人们则住在二楼。

舟屋形成于江户时代中期（1800年左右），屋顶以茅草铺面，为了晾干渔网，当时的舟屋内是没有地板的。来到这里，除了可以看见独特的民居形式，伊根地区的祭典、海鲜、酒，都很值得体验。

来到伊根，推荐坐观光船参观。因为只有在船上往岸边看，才能完整欣赏舟屋群的特殊地景，体会这里的居民出海工作时的生活感；另外也可以体验喂海鸥。

观光船上有卖类似虾味先的喂食用饼干，一开船没多久，海鸥们都摆好阵仗等着被喂食。因为害怕被啄伤，游客们往往是一阵乱丢，海鸥没办法准确地接住食物。他认真地和我说：“要先跟海鸥培养感情，每次要丢食物之前，要先看着对方的眼睛。”（听到这里我都要翻白眼了！）

他先与其中一只海鸥“眼神交流”，让海鸥知道他要准备丢食物了；说也奇怪，这只海鸥就会以稳定的飞翔速度跟在船旁边，专注地看着他，像是在说：“我准备好了，来吧！”

没想到他每次一丢，海鸥都能迅速准确地接住，连续二十几只都没失误，让船上其他的日本观光客惊呼连连。

下船后我们走在伊根舟屋的马路上，从舟屋的另一侧向海望去，又是另一番独特的风景。

伊根舟屋

美味之宿——间人炭平

“炭平”位于日本海旁，环境清幽。这家料理名宿是以日本海的肥美海鲜料理出名，许多人都是为了品尝美食而选择入住。一泊二食的住宿中，无论朝食或晚餐，都让人觉得诚意十足！

除了安静，它的气氛也很特别，比起旅馆，它更像是一个“家”。旅馆里没有电梯，服务人员会把行李扛去房内放好。进入旅馆后，你可以选择自己喜欢的浴衣，每一套的花色都不一样。

炭平有好几种房型，除了一般客室，还有豪华的独栋别墅与乡土建筑，很适合家族旅行的小团体入住。公用的客厅内，陈列着当地旅行的参考资料，尤其是琴引滨的介绍。空间中也设置了音响、香、饮料、茶点等各种用品，让住客随意取用。需要付费的东西则是在旁边放个小钱箱，取用的人就自己把钱投进去。

准备离开的早上，我发现服务员在我床边的榻榻米上留下了一个小纸包和一张字条。

打开后是一堆干燥的小虾皮、小鱼干，我本来以为是致谢的留言和作为路上干粮的小零嘴。后来在桌面上看到一张纸，上面介绍间人的地方风俗：间人自古以捕鱼维生，要与险恶的日本海搏斗，当亲人出门远行，他们就会给亲人一小包海产干作为护身符，保佑亲人平安归来。原来它不是食物，是祈福的小礼物呀！这份特别的祝福，陪着我们平安回到了台湾。

早餐时，我特别观察服务员究竟怎么行动。

他们把饭菜在你的桌上放妥后，人就不见了。我很好奇这样他们

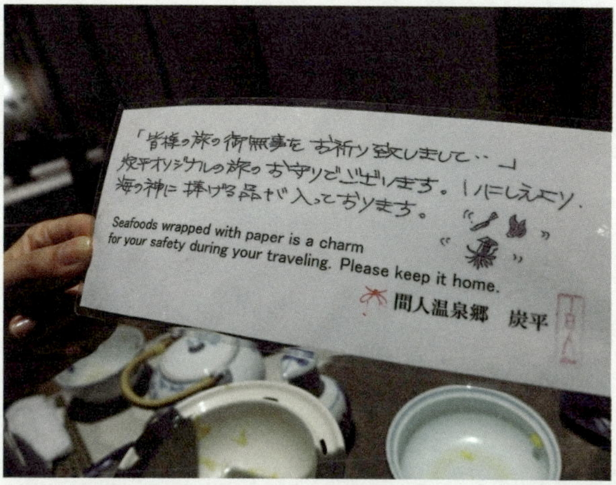
「皆様の旅の御無事をお祈り致しまして・・」
炭平オリジナルの旅のお守りでございます。
海の神に捧げる品が入っております。
Seafoods wrapped with paper is a charm
for your safety during your traveling. Please keep it home.
間人温泉郷　炭平

护身符解说

炭平

炭平

怎么知道我吃完了没，是否需要加饭，桌面要整理时怎么办，为什么他们都会在刚好的时间点突然出现提供服务？

观察了很久才发现，原来他们都藏在屏风后面偷偷观察，只要客人可能有需要，就会立刻出来服务。

丹后松岛

东北的松岛是日本三景之一，海上布满了一座座大大小小的奇岩怪石，上头生长着青松。间人的松岛可说是东北松岛的缩小版“微景”，开车经过时可以停下来欣赏。

琴引滨

间人以琴引滨的特殊地质闻名，这里的沙滩是所谓的“鸣沙”，踩下去会发出微妙的声音。

日本海海鲜

间人蟹是松叶蟹的一种，这里只有每年十一月至隔年三月才开放捕捞间人蟹，其他时间是禁捕季，让海洋生态有充足的时间休养生息。间人夏季的渔获则是以鲍鱼、牡蛎为主。

在夏季，间人的日本海一片平静。印象中汹涌的日本海在此时波澜不惊，看似豪华的海鲜大餐，似乎也缺乏某种生命力。以牡蛎为例，间人夏季的牡蛎虽然体积很大，却缺乏鲜甜的滋味。冬季的日本海怒涛拍岸，此时的海鲜就变得特别好吃了。

建议行程

第1天

大阪关西机场～新干线～京都（夜宿京都）

第2天

京都车站（取车）～美山、舞鹤～天桥立玄妙庵

第3天

天桥立智恩寺（驻车场）～天桥立（骑脚踏车）～伞松公园（还脚踏车，后搭船回到驻车场）～伊根舟屋～丹后松岛～屏风岩～夜宿间人炭平or城崎温泉

第4天

竹田城迹（天空之城）～大阪

第5天

大阪关西机场

5

富士山——信仰的泉源与艺术的灵感

富士山：既熟悉也陌生的存在

画中的场景，似曾相识。

天竺黄渲染的天空下，张牙舞爪的滔天巨浪，自远方袭来。载浮载沉的小船，在危机四伏的大海中挣扎求生，失措惶恐的乘客，全身颤抖地瑟缩在甲板上，双手死命地抓住外舷，仿佛一个不留神，就会被波涛没入大海。这真是千钧一发的生死瞬间。

在阿拉伯海，我也有相同的经历。

当时，一艘往返阿拉伯半岛亚丁港与索特拉港的定期货轮，停泊在龙血岛外海，我和货轮机组员一行六人，乘着只配备五马力柴油马达的木造小艇，在骇浪中驰向本岛。来自撒哈拉的季风在印度洋上掀起裂岸惊涛，我们就在波峰浪谷间奋力向前。不足一海里的距离，小艇仿佛走了一辈子；但我们的一生，又好像在须臾片刻中，走马看花了好几次。

大家的手紧紧抓着护栏，向安拉与圣母呼救的祈祷在席间流转，我的脑海中，却浮现了《神奈川冲浪里》——原来，风口浪尖就是这么一回事啊！

在摄影尚未发明的年代，葛饰北斋精确地掌握了五千分之一秒的高速动态。当我们注视这幅画时，视线会随着波纹线条游移，随着高低起伏，同时也感受到在翻腾巨浪中孤零无助的恐惧。不过，画面中最震慑人心的，是中央远方的富士山，就像是从洪荒创世就如如不动地镇守在大地尽头。富士山与巨浪，形成一动一静的强烈对比，加深了画面的冲突与戏剧性。很难相信，如此充满巨大动能的《神奈川冲浪里》，竟

葛饰北斋《神奈川冲浪里》

葛饰北斋《东都浅草本愿寺》

然是画家七十一岁时的作品！

《神奈川冲浪里》，其实是浮世绘组图《富岳三十六景》其中一幅。虽然说是三十六景，其实北斋先后共绘制了四十六幅。每幅都以独特的视角与纵深，饶富意味的生活场景，描摹市井小民的平凡日常。

浮世绘的发展中，“美人绘”与“役者绘”一直都是大众主流。随着西方透视技法（Prospettiva）传入、民间进香朝圣，以及官员“参勤交代”制度的确立，绘师们尝试在作品中表现悠远的空间感，映衬着辽阔的天空与浮云，人在大地上踽踽而行。这一次，人从形而上的性灵空间出走，进入尘与土的大千世界。

就革命意义，对于只能蜗居在家的人们来说，趴在卧榻上就能享受异地他乡、名山大川的风光。方寸间，时而穿梭在雾霭袅绕的古代森林中，时而飞上云霄，鸟瞰天女下凡的海岸松林。前一刻，我们还在奇峻的深谷溜索渡涧，下一秒，我们又走在岚山渡月桥上，欣赏洛西遍野盛开的樱花……以地景风光为主题的《名所绘》抚慰了市井对移动的渴望，满足了大众对远方的想象，可想而知，风景浮世绘大大地受到民间喜爱。

话虽如此，并不是说在名所绘之前没有风景画。被列为国宝的绘卷《信贵山缘起》，就描绘了奈良信贵山的若干形貌。在京都开山立宗的画派“狩野派”，将中国华南的《潇湘八景》转换成本土的《近江八景》与《金泽八景》，都算是以景为名的艺术创作。不过主题和风景没有直接关联，风景只是故事发生的背景，就像是超级市场所播放的音乐，不会有太多人注意到那是什么。《富岳三十六景》的出现，开启了“风景浮世绘”的风潮。

透过高明的构图，北斋巧妙地将富士山与民众生活合而为一。在《东都浅草本愿寺》与《江都骏河町三井见世略图》中，富士山化为江户城沉默坚定的守护者。都城的入世繁华与灵山的脱俗超然，相互辉映。

在《骏州江尻》里，秋风恼人地刮起漫天飞舞的怀纸，远方富士山的轮廓，淡淡地隐没入烟云中，仿佛世间扰攘喧嚣的一切，都与它无关。

我喜欢葛饰北斋对生活细腻动人的精彩描绘，每幅作品都洋溢着对“人”的关注与喜爱。富士山，则化成既熟悉也陌生的神秘存在。我们总是知道，它就在那里，静静地关注人世的离合悲欢。

山岳信仰：原始信仰的核心

搭乘东京地下铁日比谷线，在入谷站下车，从四号出口上去右转，大概五分钟的脚程，一座苍郁清雅的神社就在前方。这是小野照崎神社，主祀学艺之神小野篁与学问之神菅原道真。许多人听过菅原道真，却不太知道小野篁。

生活在平安时代后期的菅原道真，以文采名动天下，却因为政争落败而下放九州，最后在太宰府抑郁而终。传说死后化成怨灵，以落雷天火攻击京都。《北野天神缘起绘卷》就画下了传奇的“清凉殿落雷事件”（930年7月24日），许多公卿在内阁会议时遭雷电“追击劈死”，现场惨绝人寰。目睹悲剧而大受惊吓的醍醐天皇，在事发三个月后因精神耗弱不幸驾崩。著名的北野天满宫最初就是为安抚菅原道真而建，后来才成为莘莘学子求取功名的祈愿圣地。

而被称为“文章天下无双”的小野篁，也是平安时代的文学名家，《和汉朗咏集》与《古今和歌集》，收录了不少他的诗歌。《百人一首》中“わたの原　八十岛かけて　漕ぎ出でぬと　人には告げよ

葛饰北斋《骏州江尻》

葛饰北斋《江都骏河町三井见世略图》

あまの钓船”（迷茫海上行，生涯似浮萍。孤舟成千里，借语告父老）就是小野篁流放隐岐岛时的创作。

除了官方史料外，以稗官野史为主的故事集《宇治拾遗物语》，也记载着关于小野篁的奇谭。

传说他曾经从京都洛东六道珍皇寺的水井进入冥间，协助阎罗王审理案件，不过却遇上好友、《源氏物语》的作者紫式部，她因为小说描写宫闱不欲人知的隐私，以及过于露骨的男欢女爱，从而堕入地狱道，小野篁因爱生怜，借助口才及文采说服阎罗王网开一面。

不过这故事有个小小破绽，那就是紫式部比小野篁晚生了一百年左右，所以生前不太可能认识。不过可以确定的是，两人的墓所比邻而居，也算美事一桩。

相较之下，另一件逸闻可信度则大大提高。小野篁常常写诗议论朝政，批评时事，这种坏习惯自然使他不得上头关爱的眼神，最后得罪了天皇。《宇治拾遗物语》记录了小野篁触怒天威后，嵯峨天皇用了“子子子子子子子子子子子子”（没错！就是十二‘子’字）的谜语来刁难小野篁，不过小野篁破解了谜题，意思是“猫的孩子是小猫，狮子的孩子是小狮子”。因为在日文中，“子”这个汉字可以发“ね”（ne，训读，用于十二地支）、“こ”（ko，训读）、“し”（shi，音读）、“じ”（ji，音读，し的变音）四种不同的读音。所以句子的读法就变成“ねこのここねこ、ししのここじし”（Neko no koko neko, shishi no koko jishi）。

总之，如果说菅原道真是日本的孔子，那么小野篁就是才高八斗、七步成诗的曹植。

在日本神社域内，除了主祭神祇外，通常也会有其他神明入厝，

《北野天神缘起绘卷》中的清凉殿落雷事件

歌川广重《目黑新富士 · 富士塚与富士山》

歌川广重《目黑元不二》

这些位于旁侧或后方的小神社称为“境内末社”。小野照崎神社内七座境内末社中，有一间是富士浅间神社，奉祀着名为“富士塚”的小假山。

在日本精神世界中，山岳信仰是原始信仰的核心，其中又以富士山最为重要。民间宗教团体常常会举办法会与读经班，弘扬教义、祈福避厄，偶尔办办进香团，顺便募款。这种宗教聚会称为“讲”，例如佛教团体“维摩讲”“观音讲”“药师讲”……以地方神祀为主的“稻荷讲”“惠比寿讲”……以朝圣参拜为主的“伊势讲”“大山讲”“熊野讲”与“金毘罗讲”……其中最受信众拥戴的，是以参诣富士山为主的“富士讲”。

富士讲全盛的江户时代，有“江户八百八讲，讲中八万人”的叙述，说明了早在两百多年前，攀登富士山就是宗教时尚的一部分。当年的朝圣客登上富士山后，会在峰顶捡拾熔岩，回到市区把这些碎石堆叠成山，称之为“富士塚”。换句话说，富士塚就是富士山的迷你分身，让无缘攀登的人也能一亲富士芳泽。

歌川广重的《名所江户百景》中的《目黑新富士》与《目黑元不二》，就描绘了江户人登上迷你富士远眺富士山的有趣场景。

小野照崎神社后的富士塚，被称为“下谷坂本富士”，高五米，直径十六米，就是江户中期富士山朝圣客所携回来的熔岩碎石堆砌而成。每年6月30日与7月1日两天举办开山典礼，这两天开放给香客走山，过过爬富士山的干瘾。

东京都内原本有许多迷你富士，第二次世界大战时美军猛烈轰炸后残存无几，其中最完整的，大概只剩下涩谷区鸠森八幡神社的千驮谷富士、品川区品川神社内的品川富士、练马区茅原浅间神社的江古田富

千驮谷富士

下谷坂本富士

士，还有丰岛区富士浅间神社的丰岛长崎富士。

这些硕果仅存的迷你富士，也是日本申请世界遗产的构成元素之一，代表了原始信仰的化石遗迹。

江户美术的迷人意象

1873年5月1日，第五届万国博览会（Weltausstellung 1873 Wien）在奥匈帝国首都维也纳正式开幕，全球35个国家共同参与，183天的展期，吸引了726万人次参观。

大政奉还后的日本，以艺术及新兴工业国姿态首度参展。日本郑重其事地派出成员107人的外交使节团前往欧洲。通过艺术文化交流，日本希望和欧洲各国建立正常而恒久的外交关系，中止不平等条约。同时，高层政治精英（诸如伊藤博文、岩仓具视）也进行一场“宪政大血拼”，任务是研究西方政治运作模式，方便回国后制定新宪法。

初次以“国家”名义参展的日本，为了给奥匈帝国法兰兹·约瑟夫皇帝留下深刻印象，特别在日本馆内摆设名古屋城巨型金鯱、镰仓大佛纸模型（纸の张拔）、谷中天王寺五重塔模型，当然，还有淡丽典雅的茶室庭园。现场还陈列了从陶器、漆器、金细工、铜器、甲胄刀枪、浮世绘、名所图绘手工艺品，到和纸、材木、矿物等产业资源，可说是应有尽有。

这是明治维新后，日本第一次与现代欧洲对等交流。西方世界原以为东方最强盛的国家是中国，经过维也纳万国博览会的宣传后，他们对日本的看法大大改变。特别的是，在日本馆内最受民众喜爱的，

第五届万国博览会

名古屋城天守阁的金鯱

柴田是真《富士田子浦莳绘额》

并不是和室庭院，也不是金大佛，而是柴田是真的作品《富士田子浦莳绘额》。

在古老的和歌精选《万叶集》中，“三十六歌仙”中的山部赤人面对圣山，留下了“田子の浦ゆうち出でてみれば真白にそ富士の高岭に雪は降りける”（从田子浦望去，富士山顶降下皑皑白雪）的咏叹。田子浦位于伊豆半岛的西侧，算是骏河湾的左半部。

很多人会把静冈市清水区田子浦和富士市田子浦港搞混，实际上这两个地方差了三十公里，欣赏富士山的观感也不一样。《六十余州名所图会》远眺富士的《三保松原》，葛饰北斋《富岳三十六景》中的《东海道江尻田子の浦》，包括大家熟悉的樱桃小丸子，故事舞台都是田子浦所在的清水区。漆器莳绘大师柴田是真，也是从田子浦的角度，描绘他心目中绝美的神山富士。

所谓的“莳绘”，就是在漆器上以贵金属、珍母贝、斑彩石、琥珀、玳瑁、夜光蝶螺、蚌壳为材料，通过平文、沉金、螺钿等精致手艺，将平滑光亮的漆面化成幻彩闪动的泥金绘画。在西方，我们可以在泥金装饰手抄本（Illuminatedmanuscript）中窥见相似的手法，著名的《凯尔经》（Book of Kells，8th）及《豪华日祷书》（Très Riches Heures，1412~1426）就是最佳范例。

修道士与艺术家极尽巧思地把对造物的赞叹，化为五彩竞艳的呢喃：以接近抽象主义的手法绘出单色镶边、炽烈堕落的红、平和无限的蓝、明亮苍翠的绿、尊贵荣耀的金……每一页，都是细腻无比的致密画。这些手绘本曾经以天使落入凡间的绝美，深深撼动西方人的心灵，这一次，由来自东方的精湛工艺接续这份伟大的传统。

柴田是真将清朗秀丽的富士山，转化成感官与自溺的幽灵，透过

克林姆《茱蒂丝》

克林姆《艾黛儿》

克林姆《吻》

光与暗的层次交叠，让画面深深地陷入魔魅、静止与真空的永恒之中。在我看来，《富士田子浦莳绘额》是神秘主义与美学、虔敬与愉悦、冥想与遐思最佳折中的代表。柴田是真确实捕捉住西方对远东的浪漫憧憬。一时之间，富士山造型的周边商品大卖，复制版画供不应求，富士山等于日本的刻板印象，就是在此时确定下来的。

后来，克林姆从柴田是真的创作中，窥见日本艺术自然主义与象征主义结合，协调自然与人工的特质。《艾黛儿》《茱蒂丝》还有《吻》中，都可以发现延续自江户美术的迷人意象。

从艺术到现实，一路上，富士山，通过不同的形式，不断地向我招手。

现在，我又来了。

攀越顶峰，征服无知而渺小的自己

根据可靠的文献记载，第一位攻顶富士山的外国人，是来自英国的拉塞福·阿尔科（John Rutherford Alcock），不过熟悉远东近代史的朋友，会知道他另一个更响亮的名字：阿礼国。从鸦片战争、《南京条约》、《虎门条约》到“亚罗号事件”，都有阿礼国往来穿梭的身影。

大清帝国于1843年被迫开放广州、福州、厦门、宁波、上海五口通商后，阿礼国先后被大英帝国维多利亚女王任命为福州、上海与广州知事，他一手建立了领事裁判权制度与租界管理业务。1858年他转任驻日公使，负责在东京开设英国领事馆，算是19世纪的东方通。

1860年9月11日，阿礼国取径古老而经典、今天却没什么人走的

《绢本着色富士曼荼罗图》

“富士山村山口登山道”攀登富士山。《绢本着色富士曼荼罗图》画的就是这条路线，朝圣山客沿着曲折蜿蜒的山道上行。

登山详细情况如何，没太多的叙述，毕竟富士山是一座看起来比爬起来更让人愉快的圣山。不过阿礼国下山后，和拜访乾隆的英国公使马戛尔尼有一样的观点：在西方历经《独立宣言》《权利法案》《人权宣言》与工业革命的洗礼后，东方也需要开放与改革。

不过他可不是为了促进世界大同，实现均富社会才这么说。阿礼国后来写了一本名为《大君之都》（The Capital of the Tycoon, 1863）的东方见闻录：

这些崇拜偶像的异教徒，相信动物也是神灵……可以用咒术杀人……还敢奢望来生的轮回转世，实在是太蠢了！即使是诗人、艺术家、哲学家以及众出人士，和我们的国民素质相比，无论中国还是日本，都是劣等民族。

阿礼国对东方的看法，代表了帝国主义与殖民经济的观点，这群人所到之处，是一连串的占领与劫掠。阿礼国爬富士山，是以轻蔑的脚步征服，而不是朝圣。

在飞扬跋扈的青春，我走进山林，后来读了深田久弥的山野随笔《日本百名山》，开始认识列岛的山。深田用平实而虔诚的文字，为昭和时代的阅听大众娓娓道来富士山的种种。从《万叶集》到松尾芭蕉，用文字歌咏富士山；禅庭园始祖梦窗疏石在静观过富士山的雄奇俊朗后，将它抽象化，成为枯山水庭园重要元素“石组”的灵感；江户时代中期的文人画家池大雅数次登上富士山，只为感受“不尽”（ふじ，音接近“富士”）的浩渺，后来画下《芙蓉峰百图》；江户琳派的美学大师酒井抱一则用最简约，却最强烈的方式将富士山印象深烙人心。

攀登富士山顶峰的最后一英里路，对所有人来说，都是凌迟与折磨。大气压力的变化，吸入氧气量的遽减，让每个人的肺都像在燃烧。离开本八合目才三十米，突如其来的寒雾迅速地笼盖整个峰顶，风势逐渐加强，上攀的情况变得不乐观。即使富士山在这十几年逐渐郊山化，或许大家都忘了，它仍然是一座海拔三千七百七十六米的庞然巨峰。当我抵达海拔三千六百米的九合目时，看见许多人坐在山径转折处喘气、呕吐，就躺在路边不愿起来。我们顶着愈来愈强的风雨，继续上行。

葛饰北斋在《富岳三十六景》的《诸人登山》，就画下了登山朝圣客的颠簸与艰辛，从画面上可以看见一群山客肩摩趾错地挤在山屋内打盹、取暖。

终于，在清晨五点四十分，我来到了富士山顶的久须志神社。许多登山客来到神社后，拍照、喝水，然后又匆匆忙忙地下山。这一天的天气很差，许多人都因未能看到气象万千的日出“御来光”而失望。

我张望着东方，等待微薄的阳光。渐渐地，积累的乱云散去，在那稍纵即逝的片刻，我瞥见了云破处雨过天晴的湛远，一路上身体所承受的劳苦、心理所忍受的折磨，所经历的寒雨冰霜，都在那一刻消融殆尽，留下来的，没有狂妄张狂的自大，只有小小成就的淡淡喜悦。

登上顶峰，真正被征服的，只有无知而渺小的自己。

在孤傲里踽踽而行，在幽微中寻寻觅觅

回东京的路上，我频频回首千里暮云平的河口湖，富士山，早已

葛饰北斋《富士越龙图》

隐没在冷月夕阳、残荷苦雨里苍凉低回。介然不群的北斋、狂放任情的是真，轻轻地淡出记忆之外。纵使驱车远离，仍摆脱不了一水幽远，风景远逝后，追忆起来，竟生起莫名的怀旧沉思。

一路亦步亦趋地，追寻着过往岁月，那些我曾经留下，以及来不及参与的，都留给了峰顶的万年雪。攀登高山，可以怀抱清旷的事体，深藏虚谷。

看着窗外快速飞逝的灯火，脑海中不由得浮出唐寅的落拓放浪：

不炼金丹不坐禅，不为商贾不耕田。闲来写幅青山卖，不使人间造孽钱。

对生命的执着，在孤傲里踽踽而行；对美的坚持，在幽微中寻寻觅觅。唐伯虎走过的，北斋也踏进来了。

1847年，九十多岁的画家，知道自己离死不远了。北斋鸡骨支床地躺着，常担心起不了身；起身后，怕下不了床；下了床步履无力，怕走不到门口透透气；到了门口又怕走不回去。即使如此，濒临绝望的他，仍活得很有希望、很有尊严。“忍古不失古”，北斋在孤愤中，找到活下去的坚持。

《富士越龙图》是葛饰北斋的天鹅之歌、肉笔画的圣殇。风烛残年的画家，笔触有浓浓的秋意。北斋画出了九天之上高寒，孤峰峻壑的深寒，万年雪玉洁冰释的清寒。迷蒙的黑云中，枯笔化成亢龙飞升。这是他人生最后一幅作品，回光返照的心象投射。两个多月后，画家在贫病交迫中离开了人世。

过了一百多年，大导演黑泽明拍了一部毁誉参半的作品——《乱》。

……我拍《乱》，只是想看看富士山顶的云和雪……其他的一切，都不重要了……

如果可以，我也想和黑泽明一样：

或许哪天，再登上富士山，只为了在剑峰顶吹风，感受那份飒爽深邃的幽雅。

圣山之旅——富士山

朝圣、旅游的热门观光地

富士山自古就是朝圣、游览的热门观光地，玩法非常多元，不同的时节有不同的玩法。

一般人通常会参加当地旅行团两天一夜的行程，有专车带去游富士五湖。我们选择开车，是因为人数多，外加行李与登山装备，怎么算，都觉得租车比较方便与划算。

如果自驾，则建议由静冈进、东京出。但缺点是静冈空港地处偏僻，须先搭车至静冈车站（静冈市）取车，而且到达航班是晚班机。如果搭乘交通工具，就必须从东京进出，在东京车站搭巴士前往富士山，需要原路折返，比较耗时。

富士山的范围很大，跨越了静冈县、山梨县、神奈川县，如果从静冈进去，就可以绕着富士山玩，最后到东京。这条路线可以走完五座湖，如果有空，还可以去富士急乐园或御殿场购物。

对喜欢开车的人来说，最有趣的就是东京首都圈的高速公路了！为了避开皇居，东京的高速公路绕出一段连续急弯，在上面急速行驶时，会觉得自己是开在赛车道上，十分刺激。

进出成田机场的交通有点复杂，取车时一定要先问清楚路线，以免迷路（通常租车公司人员会先图示告知）。如果想避开这段路，也可以先到东京车站还车，再搭一段电车前往机场。

艺术的灵感

作为日本的圣山，人们对富士山的崇拜与欣赏，自古以来，就是大和文化的核心。环绕富士山的五座湖泊，就成了辉映、衬托富士山的重要配角。这五座湖泊从东向西，分别是山中湖、河口湖、西湖、精进湖、本栖湖。所有观光设施与旅游动线，都以这五座湖泊为根据地，与周遭城镇连接。

日本观光局为了打造富士山的春夏风景，促进、开发了各种花田，包括薰衣草、郁金香、向日葵、波斯菊。在山中湖附近的“花之都公园”，每年四月至十月，时令花卉如艳丽的织毯遍地绽放，没有开车的游客，也可以搭乘观光小巴士穿梭其间。

五座湖泊各有其著名的富士山景观，都有著名的温泉饭店，其中又以河口湖和山中湖开发最完整。

富士五湖最多人前往的是河口湖，因河口湖是唯一可以看到“逆富士”（富士山的倒影）的地方，也是登富士山最方便的出发地。

从山中湖可以看到赤富士。富士山是火山，山体表面为光秃秃的

葛饰北斋《凯风快晴》

火山岩，一棵树都没有。在晚夏初秋之时，日出的红色曙光照耀在富士山上，将整座山染成一片魔幻般的赤红，葛饰北斋的浮世绘名作《凯风快晴》描绘的就是赤富士。

会唱歌的柏油路

从河口湖往富士山前进，车开着开着，突然听到一阵叮叮咚咚的音乐声。

“为什么窗外有音乐啊？”

我们往外看，柏油路上画着音符的记号。原来这一段是有名的“歌唱道路”，当汽车以时速四十公里前进时，轮胎与路面精心设计的沟纹摩擦，就会发出《富士山之歌》的旋律。日本人的巧思真的很可爱。

开车看到富士山时，大家都兴奋地喊着：“到了到了！”“到富士山了！”

“有没有准备好明天就要去爬了？”一听到这句话，全车立刻安静下来。每个人望着那座高耸入云的山峰，心中都打起了退堂鼓。当晚下起暴雨，大家对于是否能顺利上山，都有点怀疑。但到了预定的出发时间，每个人还是整理好装备，迎向挑战。

上山

到了爬富士山的这一天，我原本抱持着许多犹豫不决的想法。结果朋友们开始游说、鼓励我，并用炽热的眼神怂恿我：“都来了，你这次不爬，以后就不会有机会来了。走啦，赶快跟我们一起上去。”跟我

攀登富士山注意事项

富士山正式的开山时间是7月和8月，其他时节山顶积雪，山屋也不一定开放。但我强烈建议7月去，因为8月较易遇到雨季。

7月和8月气候炎热，山上没有遮蔽，白天日晒强烈，一定要备好防晒装备。入夜后气温会迅速下降，接近山顶时会降到零度，因此御寒的衣物也不可少。一定要多带几件易干的衣服，以防山上气候瞬息万变。

富士山不能自行开车进入，必须在富士山脚转乘接驳车。乘车处有一座大型停车场，我们停好车，转乘巴士上山。从富士山五合目进入的登山道是比较轻松的，适合初学者。

另外，富士山开放期间是暑假，但日本租车最贵的时候也是暑假，旺季价格与平日差距不小。这一点所有租车公司都一样，要有心理准备。

讲这种话的，是两个“从不运动”的女性朋友。

我就在这种气氛下被激励了：“好吧！走！”

山上的天气瞬息万变，刚上去的时候天气非常好，但太阳一下山，气温就立刻下降，非常非常冷。

我没有爬高山的经验，没想到一路都适应得不错。但中途稍微大意，大声呼唤我的朋友，身体一用力，便开始头晕。高山症最忌讳的是爬山时走太急，在山上也不能太大声讲话。

还没上山之前，我看到山下卖店有卖氧气罐，就跟他说：“有在卖氧气罐耶，我们需要先买吗？”

“不用啦，山上到处都有卖，需要再买。”

爬到差不多七合目的时候，我就觉得有点喘了。看着身旁的外国人，很多都背个袋子，拿着吸管吸。他们吸氧气的样子，好像很舒服。我看

富士山吉田口六合目上山道

富士登山道（吉田口）
CLIMBING ROUTE
キャンプ禁止地域
NO CAMPING AREA
山梨県
YAMANASHI PREF.
TO THE CLIMBERS
FUJIYOSHIDA CITY
FUJIYOSHIDA POLICE STATION
富士山をきれいにしましょう
富士吉田市
富士吉田市観光協会

登山标示牌

登山山路

着他们手里的氧气罐，问他：“可以卖一罐给我吗？我也想要吸。”

“等等，再往上走一下，我再卖给你。”

结果爬到八合目的时候，氧气罐已经从原本的五百元变成六百，再往上爬，变七百，愈来愈贵。每隔一段高度就加一百日币，我问他：“现在可以卖了吗？”

“再等等，你先休息一下，到了小屋我再卖给你。”

到了山屋要睡觉的时候，我的高山症开始发作，头痛到快要炸开。我旁边躺了一个外国人，整个晚上就听到他在吸氧气“咻咻咻”的声音，我也好想要吸一口啊！就跟他讲：“可不可以卖一瓶给我，我想吸……”

但他竟然回我：“吸那个东西不好。”后来他才解释，如果能撑过不吸氧气，以后身体对高山的适应力就会变更好。（可是，我并不打算再爬高山了啊！）

由于体能差距悬殊，虽然是一起上山，但彼此之间的距离却愈拉愈远。一开始我们还会停下来等落后的朋友，但因为太冷，一停下来很快就会失温，只好一直往前走，想着在山屋会合就好。

我们订的山屋距离山顶只有八百米左右，但因为攻顶的这一段比较难走，所以选择在山屋稍做休息。大约下午五点半抵达山屋，山屋的空间很小，没办法让很多人在里头活动，管理人员会催你赶快吃晚餐，吃完就赶快去卧铺睡觉，不能占位子坐在那里休息。

攻顶

清晨三点半，大家都起来整装，准备攻顶看御来光。但我高山症发作，已经快吐了，心想，边吐边看御来光似乎也太……决定还是先调

山口

上山道七合目

整体力，再独自上山。

一个人孤零零躺着忍受高山症的痛苦，辗转反侧，真是煎熬。朋友们离开后三小时，我一个人出发攻顶。

我一个人前进，本来以为路上一定会有人，我就跟着走。没想到我走错路，走到下山的路了。下山路非常陡峭，而且路面都是沙，踩下去根本没有着力之处，一直往下滑。我逆着山势向上走了几米，就发现自己走错路，旁边所有的人都是往下走的。于是我马上回头，回到岔路口往上山的那条路走。此时看到有个人穿着装备累倒在路边，身边没有同伴，我不禁担心等一下会不会也变成这样。

就在这个时候，刚好遇到他下山，他便陪着我再爬上山顶。虽然我没机会看见御来光，但是攻顶后的成就感，早让我忘却这份遗憾！

云朵

富士山海拔三千七百七十六米，山上的空气很稀薄。我们去的时候大雨间歇，稀薄的空气、低温、恶劣的天候已经是严酷的挑战，在这样的环境中，还要一路不断地连续攀登，实在是心灵与身体上的修炼。

攻顶的这一段是最惊险的。虽然只有一条路，但绕火山口一圈，却是浓雾蔽天，伸手不见五指，道路的一边是火山口，一边就是悬崖，而且路非常窄。还好日本的山区管理做得很好，沿路都有围篱让你可以攀扶，而且一直都有工作人员在巡山，几乎每个哨点都配置了人，随时看着是否有人需要帮忙。

为什么一定要攻顶呢？因为富士山有太多美景是一定要靠近山顶才看得到。像是飞碟、相扑力士形状的云彩、云海等等，只看照片是不会有那种感动的。爬山就是让你身临现场，那些美好的事物近在咫尺，仿佛伸手就可以触摸得到。

尾声

下山非常无趣。就像他在书里写的，人生最大的挑战是日复一日做一样的事情；从富士山下来，对这句话的感受会很深刻。因为你就是一直在走相同的下坡路，走一走就滑一下，不断重复这个过程，长达三个多小时。在这三个多小时中，只能重复做一件事。

旅行可以让人了解自己过往从未察觉的一面，有时候是脆弱，有时候是韧性。无论如何，一定要亲自去试试看。

我一开始也难以想象自己竟然可以攻顶。奇妙的是，到了现场，就会忍不住想要一探究竟。在登富士山的过程中，也不断告诉自己："就来这一次，我以后不会再来了，好累！"可是下山之后，大家马上

富士山购物

不像东京随处可见富士山造型的商品，富士山的商业化只出现在山脚的餐厅。这些餐厅内有很多卖土产的店，贩售各类以富士山为主题的各种纪念商品：富士仙贝、富士山饮料，还有种类繁多的器皿小物，最奇妙的是，还有贩卖富士山空气罐头呢！难怪日本还有杂志特别介绍富士山的周边商品。

上富士山的每个人，背包后面都挂了一个袋子（上山前会发塑胶袋），装着自己沿途制造的垃圾，没有人乱丢，整座富士山都维持得非常干净。

富士山沿途各合目的山屋都有烙印服务，旅客可以在山脚买登山杖或木牌，一路搜集烙印。

烙印

商店

美食

又相约下一次要再来爬。

我也开始可以了解，为什么有些人愿意独自去爬山，忍受那样的孤独。它和人生很像，走到后来，即使遇到困难，也只能自己一个人面对，没有人可以帮你。

他曾跟我分享，年轻的时候心情不好、觉得烦躁时，就往北大武山上去。以前的我没办法理解：山上有什么？能够逃避什么吗？原来，当心里有很多很多事情的时候去爬山，爬山的过程就是和自己对话，由于体力和精神的消耗脆弱，会发现原来自己之前在意的那些事情那么微不足道。

湖山亭·泡温泉

从山上下来之后，很多人都会在湖区的温泉旅馆住一晚，让疲惫的身心得到舒缓。这是必要的，因为爬完富士山下来，真的会全身酸痛好几天，连走楼梯都会痛到不行。

所以下山之后需要安排一些轻松自在的行程，让自己好好休息。湖山亭位于河口湖，每个房间包括汤屋在内，都可以看到富士山的绝景。

这里以美食著名，连当地的计程车司机都说这里的东西好吃，是住附近的当地人也会去的店。

御殿场·购物

御殿场就像美国的 Outlets，有很多欧洲、日本的品牌，尤其推荐去御殿场买户外用品。虽然那些欧洲品牌在台湾也买得到，但是种类较少。欧洲的户外用品，无论是体型、颜色，主要针对欧美人士设计，日本采购挑选的商品，品质、设计都很符合亚洲人。

进到御殿场的商品，价格真的很便宜，种类也很多。爬完山想买点东西犒赏自己的话，御殿场从河口湖开车过去只要四十分钟左右。

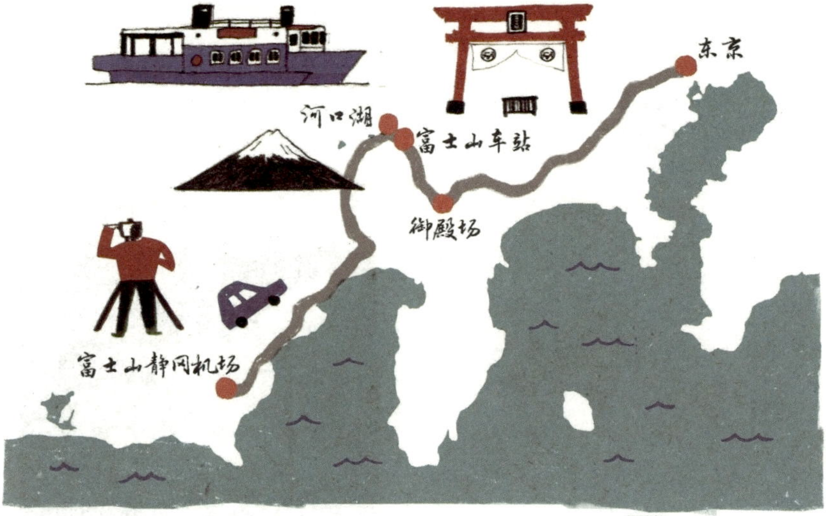

建议行程

第一天　台湾~东京成田国际机场（取车）~中央自动车道~夜宿山中湖

第二天　山中湖／东富士五湖道路之旅（山中湖·展望台~山中湖·花都公园~忍野八海~北口本宫富士浅间神社~河口湖·大石公园·逆富士）~本栖湖·千円礼~富士~富岳风穴~夜宿河口湖

第三天　河口湖~吉田口·富士山有料道路（上山）~富士五合目（海拔2305米，需要90分钟适应）~13: 00出发~13: 45抵达六合目（海拔2390米）~14: 55七合目（海拔2700米）~16: 30八合目（海拔3040米，山中小屋休息过夜，建议晚间9点以前就寝）

第四天　04: 30八合目（海拔3040米）~05: 50抵达本八合目（海拔3370米，日出、御来光）~06: 30本八合目出发~07: 20抵达九合目~07: 55抵达山顶（海拔3710米）一山顶巡行（视个人体力决定，步行距离3千米，需要一小时三十分，可攀登富士山最高点3776米剑峰）~09: 30下山出发~10: 20下山道八合目（海拔3270米）~11: 50抵达下山道七合目（海拔2630米）~12: 35六合目（海拔2390米）~13: 15抵达富士スバルライン五合目~夜宿河口湖

第五天　河口湖~中央自动车道~东京成田国际机场（还车）~台湾

6 附录

（地图与交通资讯）

四国·濑户内

交通资讯

综合交通检索
（巴士、铁路、徒步，含 JR 与私铁）
www.hyperdia.com/zh/

JR 西日本
www.westjr.co.jp/global/tc/

利木津巴士
www.limousinebus.co.jp/ch2/

大众运输优惠通票

四国铁路周游券（All Shikoku Rail Pass）
网站 shikoku-railwaytrip.com/tw/railpass.html
种类 二日券 6300 日元、三日券 7200 日元、四日券 7900 日元、五日券 9700 日元

★限非日本籍人士购买，四国境内铁路皆可搭乘。JR 四国、土佐黑潮铁道，可搭乘特急列车，Green 车厢除外。
★可于海外或日本 JR 四国 Wrap 旅游中心（高松、松山、高知、德岛、大阪梅田）购买。
★本通票限乘铁路，不包括各公司巴士路线。凭券可享机场巴士折扣。

广岛县

严岛神社

地址 广岛县廿日市市下平良一丁目 11 番 1 号
电话 082-930-9141
网站 www.miyajima-wch.jp

交通方式

●广岛空港 ~JR 广岛站

利木津巴士（45 分钟）

● JR 广岛站 ~ 严岛神社

JR + 渡轮：JR 广岛站 — 山阳本线（26 分钟）— JR 宫岛口站 — 徒步（5 分钟）— 宫岛口栈桥 — 渡轮（10 分钟）— 宫岛港

广岛电铁 + 渡轮：广岛站 — 2 号电车（69 分钟）— 宫岛口站 — 徒步（5 分钟）— 宫岛口栈桥 — 渡轮（10 分钟）— 宫岛港

当地交通检索
●广岛电铁 www.hiroden.co.jp/index.html
●宫岛松大汽船 miyajima-matsudai.co.jp
● JR 宫岛联络船 www.jr-miyajimaferry.co.jp

爱媛县

道后温泉

地址 松山市道后汤之町 5 番 6 号
电话 089-921-5141
网站 www.dogo.or.jp/pc

交通方式

● 广岛空港 ~ 道后温泉

广岛电铁 + 渡轮：广岛站 — 广岛电铁（28 分钟）— 广岛港 — 濑户内海汽船（68 分钟）— 松山观光港 — 道后温泉线巴士（40 分钟）— 道后温泉

新干线 + 伊予铁道：广岛站 — 新干线（35 分钟）— 冈山站 — 特急电车（173 分钟）— 松山站 — 渡轮（10 分钟）— 松山站前 — 伊予铁道（25 分钟）— 道后温泉

当地交通检索
* 濑户内海汽船 setonaikaikisen.co.jp
* 道后温泉线巴士时刻表与路线图（中文） www.iyotetsu.co.jp/bus/busmap/timetable/kankoukou/cn.html
* 伊予铁道株式会社 www.iyotetsu.co.jp

香川县

金刀比罗宫

地址 香川县仲多度郡琴平町 892-1 号
电话 087-775-2121
网站 www.konpira.or.jp

交通方式

● 高松站 ~ 金刀比罗宫

JR：高松站 — JR 予赞线（30 分钟）— 多度津站 — JR 濑户大桥线（10 分钟）— 琴平站 — 徒步（18 分钟）— 金刀比罗宫

琴平电车（琴电）：高松站 — 徒步（4 分钟）— 琴电高松筑港站 — 琴电（62 分钟）— 琴电琴平站 — 徒步（15 分钟）— 金刀比罗宫

当地交通检索
* 高松琴平电气铁道 www.kotoden.co.jp

香川县

东山魁夷美术馆

收藏日本画家东山魁夷作品的私人美术馆，馆内的咖啡馆视野极佳，可欣赏濑户内大桥的景色。

香川县坂出市沙弥岛字南通 224-13
087-744-1333
www.pref.kagawa.jp/higashiyama/
从 JR 琴平站搭乘 JR 土赞线至坂出站，站外巴士 1 号乘车处，转搭青色巴士至美术馆前下车。
巴士时刻表（东山魁夷美术馆官方网站）www.pref.kagawa.jp/higashiyama/
*回程巴士需预约，抵达时于美术馆服务台洽询。

德岛县

鸣门漩涡 / 涡之道

位于鸣门大桥桥梁内的海上散步道。可以在高达 45 米上的玻璃地板观看鸣门漩涡，极富刺激性！

088-683-6262
www.pref.kagawa.jp/higashiyama/
从 JR 德岛站搭乘巴士约 70 分钟；从 JR 鸣门站搭乘巴士约 20 分钟。如果从高松出发，可搭乘 JR “涡潮”号至德岛，1 小时可达，每小时 1 班。
涡潮潮汐时间表 www.uzunomichi.jp
德岛公车时刻与路线查询 www.tokubus.co.jp

香川县

琴平花坛（旅馆）

有传统和风亭园与日式“数寄屋”（茶室）建筑的温泉旅馆，特别房“长生殿”曾接待过皇族和许多文人骚客。

香川县仲多度郡琴平町 1241-5
087-775-3232
www.kotohira-kadan.jp
从 JR 琴平站步行约 13 分钟，琴电琴平站步行约 13 分钟；旅馆有提供住客免费接送至 JR 琴平站与琴电琴平站，请于订房时预约。

爱媛县

坂上之云博物馆

《坂上之云》是司马辽太郎的名作，描述三个明治时代著名人物：俳句诗人正冈子规、骑兵之父秋山好古、传奇海军中将秋山真之的故事。这三位出身松山的名人，影响近代日本至巨，因此在松山设置了博物馆，由安藤忠雄设计建造。美术馆的外观是以清水混凝土、钢构与玻璃组成，与古代的松山城、洋馆“万翠庄”，构成三种不同时代的象征。

松山市一番町 3-20 089-915-2600 www.sakanouenokumomuseum.jp 9:00 – 18:30（18:00 停止进场），每周一休息（如遇节假日，则次日休息）¥ 400 日元 从 JR 松山站搭乘往道后温泉方向市内电车，大街道站下车，步行约 2 分钟。

其他四国推荐景点

德岛县

大步危、小步危峡谷

位于德岛县西部的吉野川上游，因向源侵蚀而形成陡峭险恶的峡谷，景致壮观秀丽。吉野川发源自石钟山脉，穿过爱媛、高知、德岛三县，是四国第一大河。“步危”就是走起路来很危险的意思，除了在河谷中的小径徒步，也可搭乘游艇参观。

www.miyoshinavi.jp/chinese-t 搭乘 JR 特快南风号，从阿波池田站到大步危站约 20 分钟。

定期观光巴士（3 月底至 11 月底，须预约）：四国交通株式会社 yonkoh.co.jp

德岛县

祖谷蔓桥

位于祖谷的蔓桥隐身在崇山峻岭之中，相传源平合战中，平氏家族被一路追杀，最终的栖身之地就是祖谷。为了阻止追兵，就用奇异果柔软如藤的枝条编成蔓桥，一旦敌军来袭就可以立刻割断。蔓桥容易腐朽，每三年会重新编制，目前已指定为重要有形民俗文化遗存。

三好市西祖谷山村善德 162-2 012-040-4344 日出至日落 每人每次 550 日元 从 JR 大步危站搭乘往蔓桥 / 久保方向巴士，蔓桥巴士站下车步行 5 分钟抵达。从 JR 阿波池田站搭乘往蔓桥 / 久保方向巴士，蔓桥巴士站下车步行 5 分钟抵达。

德岛县

大塚国际美术馆

全世界第一座以陶板一比一精密复制欧洲名画的美术馆，由大塚制药创设经营。整座美术馆就是一部西欧艺术史，展厅模拟现场配置，规模浩大，如西斯廷礼拜堂、庞贝古城、最后的晚餐……并以真实场景重现莫奈的《睡莲》，作为庭园造景。

德岛县鸣门市鸣门町土佐泊浦字福池 65-1（鸣门公园内） 088-687-3737 www.o-museum.or.jp 9:30 ~ 17:00（周一休馆） 从 JR 德岛站搭乘巴士约 70 分钟，鸣门公园站下车。从 JR 鸣门站搭乘巴士约 20 分钟，鸣门公园站下车。

德岛县

剑山

海拔 1955 米，为德岛第一高峰，四国第二高峰，也是国定公园。位于山顶的“剑山御神水”为“名水百选”之一。可在登山口乘坐缆车，约 1 小时到达山顶。

三好市东祖谷见之越 0120-404-344 turugi-center.info 4 月中旬 ~ 11 月底 缆车每人来回 1860 日元 从 JR 大步危站搭乘四国交通巴士（往久保方向）约 2 小时，到久保巴士站转搭三好市市营巴士（往剑山、东祖谷地区）约 50 分钟，见之越下车

巴士班次极少，可参考四国交通株式会社 yonkoh.co.jp，或三好市市营巴士 www.city-miyoshi.jp/docs/2012032600019

爱媛县

“伊予滩物语”观光列车

2014 年 7 月新开通的观光列车，自松山市出发，开往八幡滨车站。共有两节车厢，以明治、大正年间的风格为基调，打造成舒适豪华的复古餐车，每个细节都是日本工艺美学的极致表现。沿线风景秀丽，一侧依山，一侧傍海，车厢地面特别设计高低段差，使坐在靠山侧的乘客也能不受干扰地欣赏濑户内海海景。观光列车仅供预约，JR 各大站绿色窗口皆可洽询，或利用网站、电话查询、预约。

☎ 087-825-1662 ↖ www.iyonadamonogatari.com ¥ 每人每次 1930 日元起 🚌 至 JR 松山站、伊予大洲站或八幡滨站转乘 ! 行驶区间：松山市 ~ 下滩 ~ 依予大洲 ~ 八幡滨。

爱媛县

卧龙山庄

由丰臣秀吉麾下大将渡边勘兵卫始建于 1595 年，为历代藩主的游憩之地。现在的面貌据传为明治时期的商人河内寅次郎重建而成，依山傍水，室内配置穷究四季风雅，与庭院的季节变换互相辉映。核心的卧龙院以桂离宫、修学院离宫为本，是数寄屋（茶室）形式的佳作。（卧龙院禁止摄影）

⌂ 爱媛县大洲市大洲 411-2 ☎ 089-324-3759 ⏲ 9:00 ~ 17:00（全年无休）¥ 800 日元（含大洲城）🚌 从 JR 伊予大洲站步行，约 23 分钟。

爱媛县

松山城

日本仅存的十二座江户时代以前建造的城郭之一，位于海拔 132 米的胜山山顶，始建于 1602 年。原本的天守阁毁于雷击，1854 年重建后保存至今。以天守阁为首的 21 座建筑物已被指定为重要文化遗产。设有缆车和索道椅，山下缆车站前的“缆车街”以仿古方式打造成观光商店街。

⌂ 松山市丸之内 1 ☎ 089-921-4873 ↖ www.matsuyamajo.jp ⏲ 天守阁 9:00 ~ 17:00（8 月 17:30、12 ~ 1 月 16:30）提前 30 分钟停止入场，天守阁 12 月 29 日休息 ¥ 天守阁参观券 500 日元，缆车、索道椅往返 500 日元 🚌 从 JR 松山站搭乘往道后温泉方向市内电车，大街道站下车，步行约 5 分钟。

爱媛县

伊予滩物语双海篇列车

可以一边欣赏伊予滩的平静海景，一边享受旅行的幸福时刻。在现代复古风的车厢内，可品尝“Karari 餐厅”以当地食材制作的特制午餐盒（4500 日元，需预约）。全车为绿车指定席，请到 JR 车站绿色窗口或主要旅行社购买车票。

☎ 057-000-4592 ↖ www.jr-shikoku.com.jp ⏲ 8:00 ~ 20:00（JR 四国电话咨询中心）¥ 1930 日元（不含餐费）! 请预先确认列车服务日期（7 月 26 日开始运行）

爱媛县

石钟山

日本七座灵山之一，由天狗岳、弥山、南尖峰三座山组成。天狗岳为山顶，弥山的石钟神社奉有石钟，而南麓的面河溪为国定公园，景色优美。有两条徒步路线，一条沿着面河溪主干逆流而上，可欣赏五色河滩至红叶河滩一带的景致；另一条为铁炮石川路线，可欣赏 U 形岩、铠甲岩等奇岩。

www.shikoku.ne.jp/ishizuchi/sansou/index2.htm 从 JR 松山站，转乘伊予铁巴士到石钟土小屋车站，约 3 小时 30 分钟。转乘伊予铁巴士到关门站，约 2 小时 30 分钟。

高知县

四万十川

被誉为“日本最后的清流”，也是名水百选、秘境 100 选之一。全域筑有 22 座没有栏杆的沉降桥，在高水位时会没入水底。四万十川流域广大，中村为四万十川的玄关，设有旅游咨询服务处（观光案内所），可在此洽询游览船的预约事宜。

高知县四万十市右山 383 番地 15 088-035-4171 www.shimanto-kankou.com 无 从 JR 高知站搭乘土佐黑潮铁道约 2 小时，中村站下车。从 JR 松山站，搭乘土佐黑潮铁道约 1 小时 45 分钟，中村站下车。土佐黑潮铁道：www.tosakuro.co.jp

香川县

栗林公园

由赞岐领主生驹高俊始建于 1625 年，历时百年完成。被指定为国家特别名胜、高松历史文化道。为赏花、赏枫的名所。全区分为池泉洄游式的南庭与准洋式的北庭，借景紫云山，为特别名胜中规模最大的庭园，可搭乘传统和船游园。高松市立美术馆、赞岐民艺馆也在园区内。

高松市栗林町一丁目 20-16 087-833-7411 ritsuringarden.jp 日出至日落，每月不同 400 日元 JR 高松站，搭乘 JR 高德线约 25 分钟，栗林公园北口站下车，步行 3 分钟可到。

高知县

Hobby 列车

行驶于 JR 予土线的区间小火车，只有一节车厢，行经景色清丽的四万十川流域。“海洋堂 Hobby 列车”以恐龙、史前时代、宇宙为主题，车厢内外均依每年更换的主题涂装设计。“铁道 Hobby 列车”则以初代新干线的造型作为车体外观，车厢中陈列日本珍贵的历代火车模型。四国 JR Pass 可免费搭乘。

海洋堂 Hobby 列车
行驶区间：JR 宇和岛 ~ 江川崎 ~ 打井川 ~ 窪川
wwww.jr-eki.com/hobbytrain
铁道 Hobby 列车
行驶区间：JR 宇和岛 ~ 近永 ~ 江川崎 ~ 窪川
www.jr-shikoku.co.jp/yodo3bros/tetudohobby/index.htm

伊予灘ものがたり
IYONADA MONOGATARI
1号車 茜の章

伊予灘ものがたり沿線マップ
坊っちゃんスタジアム
下灘駅
長浜大橋(赤橋)

九州

交通资讯

综合交通检索（巴士、铁路、徒步，含 JR 与私铁） www.hyperdia.com/zh
JR 九州 www.jrkyushu.co.jp

鹿儿岛

鹿儿岛规划了几条 City View 观光巴士（カゴシマシティビュ，城山 ~ 矶线、海豚马头线、夜景线），串联大部分的景点，且可利用一日乘车券搭乘。

★鹿儿岛市交通局：www.kotsu-city-kagoshima.jp/cn-t/

鹿儿岛县

仙岩园（矶庭园）

地址 鹿儿岛市吉野町 9700-1 号

电话 099-247-1551

网站 www.senganen.jp

门票 1000 日元（与尚古集成馆共用）

交通方式

City View 巴士：鹿儿岛机场 —鹿儿岛机场联络巴士（41 分钟）→ JR 鹿儿岛中央站 —City View 巴士（32 分钟）→ 仙岩园前

鹿儿岛县

尚古集成馆

地址 鹿儿岛市吉野町 9698-1

电话 099-247-1511

网站 www.shuseikan.jp/index.html

门票 1000 日元（与仙岩园共用）

交通方式

City View 巴士：鹿儿岛机场 —鹿儿岛机场联络巴士（41 分钟）→ JR 鹿儿岛中央站 —City View 巴士（32 分钟）→ 仙岩园前 —步行（5 分钟）→ 尚古集成馆

鹿儿岛县

矶工艺馆

地址 鹿儿岛市吉野町 9688-24

电话 099-247-8490

网站 www.shimadzu-ltd.jp/gift/shop_iso.htm

交通方式

City View 巴士：鹿儿岛机场 —鹿儿岛机场联络巴士（41 分钟）→ JR 鹿儿岛中央站 —City View 巴士（32 分钟）→ 仙岩园前 —步行（5 分钟）→ 矶工艺馆

其他巴士：鹿儿岛机场 —鹿儿岛机场联络巴士（41 分钟）→ JR 鹿兒島中央站 —鹿儿岛交通、林田巴士、南国巴士（30 分钟）→ 异人馆前 —步行（2 分钟）→ 矶工艺馆

鹿儿岛县

指宿温泉　白水馆

地址　鹿儿岛县指宿市东方 12126-12
电话　099-322-3131
网站 www.hakusuikan.co.jp

交通方式

● 鹿儿岛机场 ~ 白水馆

鹿儿岛机场 —— 鹿儿岛机场联络巴士（41 分钟）—— 指宿站前 —— 接驳巴士（10 分钟）—— 白水馆

● JR 鹿儿岛中央站 ~ 白水馆

JR 鹿儿岛中央站 —— 鹿儿岛交通特急巴士（1 小时 20 分钟）—— 指宿站前 —— 接驳巴士（10 分钟）—— 白水馆

* 接驳巴士 1 日 2 班。白水馆发：10:10、11:10；指宿站发：15:10、16:10。其他时间需利用计程车。

鹿儿岛县

知览武家屋敷庭园

鹿儿岛县南九州市知览町郡 ☎ 099-358-7878（知览武家屋敷庭园事务所）¥ 500 日元（七庭园观拜料）🚌 从指宿搭乘“指宿知览观光周游巴士”，约 1 小时 10 分钟可抵达。

* 观光周游巴士：www.kagoshima-kankou.com/tw/areaguides/minamikyushu.html

鹿儿岛县

知览特攻和平会馆

鹿儿岛县川边郡知览町郡 17881 ☎ 099-383-2525 www.chiran-tokkou.jp 🕒 9:00 ~ 17:00（全年无休）¥ 500 日元 🚌 从指宿搭乘“指宿知览观光周游巴士”，约 1 小时可抵达知览特攻和平会馆。

熊本

熊本县位于日本的西端、九州近中心的位置。县内有阿苏和云仙天草这两个山间公园和海上公园，活火山阿苏山有世界上最大的破火山口，以阿苏山为主，周遭有许多温泉区。

★熊本县观光网站：kumanago.jp/tw

熊本县

清流山水花（旅馆）

熊本县人吉市九日町 30 ☎ 096-622-2171 www.ayunosato.jp 🚌 从 JR 人吉站，搭乘“人吉周游巴士”约 7 分钟，九日町下车。

* 人吉周游巴士：www.kyusanko.co.jp/sankobus /hitoyoshi_syuyu/

熊本县

八千代座

熊本县山鹿市山鹿 1499 ☎ 096-844-4004 www.yachiyoza.com 🚌 从 JR 玉名站前搭“山鹿行产交巴士”约 40 分钟，到山鹿市役所前下车，步行约 3 分钟即可抵达八千代座。

* 山鹿行产交巴士：www.kyusanko.co.jp/sankobus/sagasu/kennai/kenhoku/

阿苏火山（米塚、草千里）

熊本县阿苏市黑川 808-5 096-734-0411 www.kyusanko.co.jp 3 月 20 日 ~ 10 月 31 日 8:30 ~ 18:00；11 月 1 日 ~ 30 日 8:30 ~ 17:00；12 月 1 日 ~ 3 月 19 日 9:00 ~ 17:00 ¥ 火山口缆车往返 1200 日元 从 JR 阿苏站前搭巴士，约 35 分钟抵达阿苏山西站，再转搭缆车，约 4 分钟可抵达火山口。

＊内牧・阿苏站 ~ 草千里・阿苏西站巴士：www.kyusanko.co.jp/sankobus/aso_sen

佐贺

佐贺自古以来与亚洲大陆的交往频繁，有很多流传着历史传说的遗迹。而且县内自然景观丰富，南部面临有明海，北部有脊振山系，其南则为一望无际的佐贺平野。四处花草盛开，展现出四季变化多端的姿态。

★元气佐贺网站：**www.asobo-saga.tw**

佐贺县

洋洋阁（旅馆）

地址 佐贺县唐津市东唐津 2-4-40

电话 095-572-7181

网站 www.yoyokaku.com

交通方式

● 佐贺 ~ 洋洋阁

JR 佐贺站 —— JR 唐津张（70 分钟）—— JR 唐津站 —— 巴士（11 分钟）—— 东唐津二丁目 —— 徒步（7 分钟）—— 洋洋阁

● JR 伊万里 ~ 洋洋阁

JR 伊万里站 —— JR 筑肥线（55 分钟）—— JR 唐津站 —— 巴士（11 分钟）—— 东唐津二丁目 —— 徒步（7 分钟）—— 洋洋阁

佐贺县

伊万里・锅岛御庭烧展示馆

佐贺县伊万里市大川内町乙 1822-1 095-523-2786 www.imari-ookawachiyama.com 9:00 ~ 17:00 从 JR 伊万里站搭乘“西肥巴士（大川内山方向）”约 20 分钟，大川内山站下车。

佐贺县

伊万里・虎仙窑

佐贺县伊万里市南波多町府招下（本社）、大川内山展示场（锅岛藩窑公园旁）095-524-2137、095-522-3095 www.imari-kosengama.com 从 JR 伊万里站搭乘“西肥巴士（大川内山方向）”约 20 分钟，大川内山站下车。

佐贺县

有田

至 JR 有田站，可利用蓝色公车站牌的町内巴士，或租自行车（300 日元一天），也有电动自行车（500 日元一天）可供选择。 wwww.arita.jp 有田町区内巴士：www.town.arita.lg.jp/index2.php?q=318。自行车出租：JR 有田站旅游询问处、有田观光协会、有田馆、上有田车站前、辘轳座位。

佐贺县

有田·陶祖李参平窑

佐贺县西松浦郡有田町稗古场 2 丁目 9-36 ☎050-1099-9432 toso-lesanpei.com/index.html 10:00 ~ 17:00（周二公休）

长崎

长崎县位于九州西北端，由 5 个半岛和许多小岛组成。与中国大陆和朝鲜半岛隔海相望，自古以来就是与大陆交往的要冲之地。17 世纪以后建起了与葡萄牙、荷兰等国进行商业往来的贸易港，所以县内保留有许多极富异国情调的史迹和建筑物。 ★长崎新玩：www.nagasaki-tabinet.com.tw

长崎县

波佐见·陶房青

长崎县东彼杵郡波佐见町中尾乡 982 ☎095-685-4344 www.toubou-ao.co.jp 8:30 ~ 17:00（周六、日公休）

长崎县

波佐见·HANA

长崎县东彼杵郡波佐见町井石乡 2187-4 ☎095-676-7214 www.facebook.com/minamisouko 11:00 ~ 18:00（周三公休）

长崎县

波佐见·南创库

长崎县东彼杵郡波佐见町井石乡 2187-4 ☎095-676-7214 www.facebook.com/minamisouko 11:00 ~ 18:00（周三公休）

长崎县

波佐见· Monne Porte

长崎县东彼杵郡波佐见町井石乡 2187-4 ☎095-676-7163 monne-porte.com/ 11：00 ~ 18：00（周三公休）

其他九州推荐景点

熊本县

熊本城

熊本市中央区本丸 1-1 ☎096-352-5900 www.manyou-kumamoto.jp/castle/ 3 月 ~ 11 月 8:30 ~ 18:00；12 月 ~ 3 月 8:30 ~ 17:00（跨年休园）¥500 日元 从 JR 熊本站前搭乘市电或巴士约 10 分钟，"熊本城·市役所前"下车。
*熊本城周游巴士：www.tabimook.com/shiromegurin/

北陆

交通资讯

综合交通检索
（巴士、铁路、徒步，含 JR 与私铁）
www.hyperdia.com/zh/

JR 西日本
www.westjr.co.jp/global/tc/

北陆新干线（东京 ~ 金泽）
hokuriku-w7.com

! 大众运输优惠通票

关西、北陆地区铁路周游券（Kansai-Hokuriku Area Pass）

网站 www.westjr.co.jp/global/tc/travel-information/pass/kansai_hokuriku/

种类 七日券 15000 日元（海外购买）、16000 日元（境内购买）

★限非日本籍人士购买，可搭乘：

- 山阳新干线（新大阪 ~ 冈山）的非指定座席
- 北陆新干线（金泽 ~ 上越妙高）的非指定座席
- 超特急列车（特急列车）"HARUKA、THUNDERBIRD、KUROSHIO、KOUNOTORI、SUPER HAKUTO（京都 ~ 上郡）"等的非指定座席
- JR 西日本的新快车（新快速）、快车（快速）和当地列车（普通列车）

石川县

★城下町金泽周游巴士：www.hokutetsu.co.jp/wpress/tourism-bus/castle-town
★金泽 Flate Bus（金泽ふらっとバス）：www4.city.kanazawa.lg.jp/11310/taisaku/flatbus

石川县

金泽车站

地址 石川县金泽市木新保町 1-1 号
电话 076-221-5952
网站 www.kanazawa-eki.com
交通方式
●小松机场 ~JR 金泽站

小松机场 —— Super 特急巴士（40 分钟）—— JR 金泽站

＊小松机场联外交通：www.komatsuairport.jp/access

●富山机场 ~JR 金泽站

富山空港前 —— 接驳巴士（20 分钟）—— JR 富山站 —— 新干线（22 分钟）—— JR 金泽站

石川县

兼六园

地址 石川县金泽市丸之内 1 番 1 号
电话 076-221-5508
网站 www.pref.ishikawa.jp/siro-niwa/kenrokuen
营业时间 3 月 1 日 ~ 10 月 15 日 7:00 ~ 18:00；10 月 16 日 ~ 2 月末日 8:00 ~ 17:00
门票 310 日元
交通方式

JR 金泽站 —— 东口 6 号乘车处，兼六园 Shuttle 巴士（46 分钟）—— 兼六园下·金泽城
JR 金泽站 —— 东口 7 号乘车处，城下町金泽周游巴士（46 分钟）—— 兼六园下·金泽城

石川县

黑门小路

石川县金泽市武藏町 15-1 076-260-1111 www.meitetsumza.com/kuromon/index.html 10:00 ~ 19:30（食堂街 11:00 ~ 21:00） 从金泽站步行，约 10 分钟抵达。

石川县

近江町市场

石川县金泽市上近江町 5015-1 076-231-1462 ohmicho-ichiba.com 从金泽站步行，约 10 分钟抵达。

石川县

八兆屋・鸭肉治部煮

石川县金泽市本町 2-15-1 B1（金泽站前店）076-223-1184 www.hacchouya.com 从金泽站步行，约 4 分钟抵达八兆屋金泽站前店。

石川县

九谷陶艺村

石川县能美市泉台町南 22 076-158-6102 www.kutani.or.jp 从金泽站东口，搭乘往寺井厅舍前巴士约 1 小时 6 分钟，在寺井厅舍前站下车，转搭能美巴士约 11 分钟抵达。或从 JR 寺井站转搭能美巴士，约 12 分钟抵达。

加贺县

加贺县

粟津温泉・法师（旅馆）

地址 石川县小松市粟津温泉
电话 076-165-1111
网站 www.ho-shi.co.jp
交通方式

● JR 金泽站 ~ 法师

JR 金泽站 —— 北陆本线（37 分钟）—— JR 粟津站 —— 接驳车（10 分钟）—— 法师

● JR 加贺温泉站 ~ 法师

JR 加贺温泉站 —— 接驳巴士（18 分钟）—— 法师

* 免费接驳车需于订房时预约，15:00、16:00、17:00 各一班。

加贺县

山中温泉・花紫（旅馆）

地址 石川县加贺市山中温泉东町 1-17-1
电话 0761-78-0077
网站 www.hana-mura.com
交通方式

JR 加贺温泉站 —— 接驳巴士（15 分钟）—— 花紫

* 免费接驳车需于订房时预约，抵达加贺温泉站后再电话通知旅馆派车。

加贺县

山中漆器

地址 石川县加贺市山中温泉塚谷町 268-2（山中漆器传统产业会馆）
电话 076-178-0305
网站 www.kaga-tv.com/yamanaka
营业时间 9:00 ~ 17:30

交通方式

JR 金泽站 —— 快适 Express 号巴士（1 小时 33 分钟）—— 山中巴士 Terminal —— 散步号巴士（2 小时）—— 山中漆器传统产业会馆

* 散步号巴士绕行经山中温泉所有重要景点，可利用 1 日乘车券。

福井县

福井县

梵 酒造

福井县鲭江市吉江町 1 号 11 番地 077-851-1507 www.born.co.jp 从 JR 福井站搭乘“福井铁道福武线”电车约 30 分钟，鸟羽中站下车，步行 23 分钟抵达。

福井县

一乘谷

福井县福井市城户之内町 10-48 077-641-2330 info.pref.fukui.lg.jp/bunka/asakura_museum/ 从 JR 福井站搭乘“京福巴士”往净教寺约 25 分钟，在一复原武家屋敷前下车；或搭乘“越美北线”电车，约 15 分钟，在一乘谷站下车。

福井县

小滨・八心成就章印

円照寺（尾崎 22-15）、神宫寺（神宫寺 30-4）、妙乐寺（野代 28-13）、国分寺（国分 51-1）、多田寺（多田 27-15-1）、明通寺（门前 5-21）、万德寺（金屋 74-23）、羽贺寺（羽贺 82-2） www.cho.ne.jp/~myotsuji/hatikaji.html 从 JR 敦贺站搭乘小滨线约 1 小时 4 分钟，至小滨站下车。

*八间寺庙之间无大众运输串联，需依赖计程车，全程约 22 公里。

*京福巴士：bus.keifuku.co.jp/rosen/ticket/

福井县

小滨・八百比丘尼入定洞

福井县小滨市小滨男山 2（空印寺） 077-052-1936 www.wakasa-obama.jp/TouristAttract/TouristAttractDetail.php?29 从 JR 小滨站步行约 20 分钟抵达。

福井县

东寻坊

福井县坂井市三国町安岛 077-682-3111（坂井市三国综合支所产业课） 从 JR 芦原温泉站搭乘京福巴士，约 40 分钟东寻坊站下车，步行 3 分钟抵达。

*京福巴士：bus.keifuku.co.jp/rosen/ticket/

其他北陆推荐景点

敦贺县

气比松原

位于敦贺湾，沿着海岸线生长的 17000 棵松树，与碧海之间隔着一线的白色沙滩，景致优美。

敦贺市松岛町 从 JR 敦贺站搭乘西福寺线往松叶町方向巴士约 10 分钟，松原公园口站下车可达。

丹后、天桥立

交通资讯

综合交通检索（巴士、铁路、徒步，含 JR 与私铁） www.hyperdia.com/zh/
JR 西日本 www.westjr.co.jp/global/tc/
丹后海陆交通株式会社（丹海） www.tankai.jp/index.html

京都府

美山

地址 京都府南丹市美山町

交通方式

JR 京都站 ~ 美山

JR 京都站 —— 山阴线（45 分钟） —— JR 园部站 —— 南丹市营巴士 美山园部线・和泉方向一宫胁（40 分钟） —— 宫胁 —— 南丹市营巴士 知井线・知见口方向（20 分钟） —— 北（かやぶきの里）

＊南丹市营巴士时刻表：www.city.nantan.kyoto.jp/www/event/104/003/003/index_1940.html
＊夏季运行 4 月 1 日 ~ 11 月 30 日；冬季运行 12 月 1 日 ~ 3 月 31 日

京都府

天桥立

地址 京都府南丹市美山町
电话 077-222-8030
网站 www.amanohashidate.jp/

交通方式

● JR 京都站 ~ 天桥立站

JR：京都站 —— JR 特急（2 小时 5 分钟）—— 天桥立站
巴士：京都站 —— 丹海巴士（2 小时 20 分钟）—— 天桥立站前

● 大阪、新大阪站 ~ 天桥立站

JR：大阪站 —— JR 特急（2 小时 20 分钟）—— 天桥立站
巴士：阪急三番街 BT. 新大阪站 —— 丹海巴士、阪急巴士（2 小时 40 分钟）—— 天桥立站前

京都府

玄妙庵

京都府宫津市字文珠 32-1
077-222-2171
genmyoan.com
从天桥立站步行约 15 分钟可抵达。
* 订房时可预约旅馆接送至天桥立站。

京都府

伊根舟屋

京都府与谢郡伊根町
077-232-0277
ine-kankou.jp
从天桥立站搭乘丹海巴士，约 59 分钟可抵达。

京都府

间人炭平

京都府京丹后市丹后町间人 3718
077-275-0005
www.sumihei.com
从 JR 福知山站搭乘电车（KTR、JR 特急、普通）约 3 小时到网野站，再搭乘接驳车约 20 分钟抵达。
* 订房时可预约旅馆接送至网野站
* KTR = 北近畿タンゴ铁道

京都府

丹后天桥立大江山国定公园

福知山市、舞鹤市、宫津市、京丹后市、伊根町、与谢野町
077-222-3244
www.pref.kyoto.jp/tango/tango-doboku/kokutei_park.html

* 范围广大，包括丹后半岛海岸、世屋高原、大江山连峰等三大地区，部分市镇可乘铁路抵达，或搭乘丹后海陆交通株式会社所经营之地区巴士。

京都府

琴引滨

京都府京丹后市网野町挂津 077-272-0900（京丹后市观光协会网野町支部） kotohikihama.info 从 KTR 网野站步行约 6 分钟到网野巴士站，搭乘丹海巴士间人线约 41 分钟到琴引滨巴士站下车，步行约 15 分钟可抵达。

＊订房时可预约旅馆接送至天桥立站。

京都府

丹后松岛

京都府京丹后市丹后町此代东面岛屿 077-272-0900（京丹后市观光协会网野町支部） 从 KTR 网野站搭乘丹海巴士约 49 分钟，此代巴士站下车，步行约 5 分钟抵达。

兵库县

城崎温泉

兵库县丰冈市城崎町 079-632-3663 www.kinosaki-spa.gr.jp 从大阪或京都站搭乘特急电车，约 2 小时 50 分钟可抵达城崎温泉站，从大阪阪急三番街·新大阪站搭乘全但巴士，约3小时20分钟可到。

＊全但巴士株式会社：http://www.zentanbus.co.jp/

其他推荐景点

兵库县

篠山城迹

兵库县篠山市北新町 2-3 079-552-4500 plus-note.jp/REKIBUN/osyoin_top.htm 9:00～16:30（周一休馆） 400 日元（外城免费开放） 从 JR 篠山口站，搭乘神姬 Green 巴士篠山营业所方向巴士约 15 分钟，二阶町巴士站下车。

＊神姬巴士株式会社：www.shinkibus.co.jp

兵库县

屏风岩

京都府京丹后市丹后町笔石 www.pref.kyoto.jp/kankyo/rdb/geo/db/sur0058.html 从 KTR 网野站步行 6 分钟到网野巴士站，搭乘丹海巴士间人线巴士约 30 分钟，笔石巴士站下车，步行约 5 分钟抵达。

富士五湖

富士山交通资讯

富士山有四条主要的登山路线：吉田（河口湖）、富士宫、须走、御殿场，吉田路线的难度最低，走这条路线的人也最多；富士宫路线的距离最短；须走路线会经过最多森林与生态景观；御殿场路线的挑战最严峻。根据不同的登山路线，从各地到富士山的大众交通方式也有多种选择，建议先确定路线再规划。

日本主要城市、机场均有巴士直达富士山。东京车站、新宿车站距离最近，大阪、京都、名古屋、静冈、箱根、羽田机场、成田机场，也都有直达富士山的大众交通运输，种类繁多，可上网站查询。本文仅列出最多人使用的接驳方式供参考。

电话：山梨县观光部观光资源课
055-223-1521
静冈县文化观光部富士山世界遗产课
054-221-3776
网站：tw.mtfuji-cn.com/

● 东京出发

【东京车站 ~ 河口湖站】

东京车站 —— 高速巴士（2 小时 50 分钟）—— 河口湖站 —— 登山巴士（55 分钟）—— 富士スバルライン五合目站

【东京车站 ~ 御殿场站】

东京车站 —— 高速巴士（1 小时 55 分钟）—— 御殿场站 —— 登山巴士（40 分钟）—— 御殿场五合目

【新宿车站 ~ 富士山站】

新宿车站 —— 高速巴士（1 小时 45 分钟）—— 富士山站 —— 登山巴士（30 分钟）—— 马返站 —— 步行 —— 吉田口

【新宿车站 ~ 河口湖站】

新宿车站 —— 高速巴士（1 小时 45 分钟）—— 河口湖站 —— 登山巴士（55 分钟）—— 富士スバルライン五合目站

【东京车站 ~ 吉田口站】

新宿车站 —— 高速巴士（2 小时 25 分钟）—— 吉田口站（富士スバルライン五合目）

● 东京出发

【静冈机场 ~ 新富士站】

静冈机场 —— 机场接驳巴士（55 分钟）—— 静冈站 —— JR 东海道新干线（10 分钟）—— 新富士站 —— 登山巴士（2 小时 15 分钟）—— 富士宫口五合目站

【静冈机场 ~ 富士宫五合目站】

静冈机场 —— 机场接驳巴士（55 分钟）—— 静冈站 —— 高速巴士（2 小时 15 分钟）—— 富士宫口五合目站

山梨县

御殿场（购物中心）

静冈县御殿场市深沢 1312 ☎ 055-081-3122 www.premiumoutlets.co.jp/cht/shop/gotemba 10:00 ~ 20:00（12 月 ~2 月 10:00 ~ 19:00，2 月 19 日公休）

＊东京、品川、横滨、静冈等各主要都会区与机场均设有接驳巴士，票价自 2880 日元起，选择繁多，详情可于网站中查询。

交通方式

● 御殿场站 ~ 御殿场购物中心

御殿场站 —— 免费接驳巴士（15 分钟）—— 御殿场购物中心

● 新宿车站 ~ 御殿场购物中心

新宿车站 —— 新南口搭乘御殿场直行巴士（1 小时 35 分钟）/ 西口搭乘御殿场直行巴士（1 小时 30 分钟）—— 御殿场购物中心

● 东京车站 ~ 御殿场购物中心

东京车站八重洲南口 —— 御殿场直行巴士（1 小时 25 分钟）—— 御殿场购物中心

山梨县

唱歌道路（富士スバルラインメロディーポイント）

富士山有料道路（富士スバルライン）富士山五合目路段 2 公里处

＊无大众交通系统。自中央自动车道河口湖 IC 沿富士山有料道路往五合目行驶即可经过。

山梨县

湖山亭（旅馆）

山梨县南都留郡富士河口湖町浅川 10 ☎ 055-572-1145 www.ubuya.co.jp 从东京车站搭乘高速巴士约 2 小时 50 分钟，或从新宿车站搭乘高速巴士约 1 小时 45 分钟，到河口湖站。电车则建议从新宿车站搭乘“中央线直通快速”约 2 小时 15 分钟，到河口湖站。抵达河口湖站后，与旅馆电话联络，即免费派车接送。或自行搭乘计程车，车程约 10 分钟。

其他推荐景点

富士五湖各景点依不同路线，设有观光巴士串接，如河口湖周游巴士（Retrobus レトロバス）、西湖青木原周游巴士、富士湖号（子じつ湖号）等，也有结合巴士、电车、缆车等各种组合通票，详情可参考以下网站：

★富士山周游巴士：bus.fujikyu.co.jp/rosen/shuyu

★富士急行：www.fujikyu-railway.jp

山梨县

山中湖

富士五湖中面积最大、海拔最高的湖泊，可见到“钻石富士”。钻石富士即日出时太阳与山顶叠合、发出万丈光芒的景象。搭乘“白鸟之湖”游览船游湖，很适合家族旅行。附近的“忍野八海”为富士山融雪形成的天然湖泊，也是“名水百选”之一。

山梨县南都留郡山中湖村 055-562-3100（山中湖观光协会） www.yamanakako.gr.jp 富士山站发车的富士湖号（子じつ湖号）可环湖一圈：富士山站 ~ 大桥巴士站（忍野八海）~ 花之都公园 ~ 红富士之汤 ~ 旭日丘 ~ 红富士之汤 ~ 花之都公园 ~ 大桥巴士站（忍野八海）~ 富士山站

山梨县

花之都公园

位于山中湖畔，海拔 1000 米，气候凉爽宜人，占地广袤，随季节变换的花海壮观夺目。温室与庭园造景“清流之里”亦颇负盛名。

山梨县南都留郡山中湖村山中 1650 055-562-5587 www.hananomiyakokouen.jp 8:30 ~ 17:30（冬季休园） 花园免费，清流之里 500 日元 富士山站搭乘富士湖号（子じつ湖号），约 30 分钟可到。

山梨县

西湖、青木原树海

位于河口湖西侧，为堰塞湖，面积不大（五座湖泊中倒数第二小），但湖中生长的富士毬藻是日本特殊的生态景观。邻近的“青木原树海”名气响亮，秀丽幽深的森林与丰富的生态系弥足珍贵，石灰岩地形造就许多有趣的天然洞穴，其中“富岳风穴”自昭和三十年起设有蚕卵与种子的储藏库，是林业与纺织的重要种源。可与西湖蝙蝠穴案内所（西湖コウモリ穴）申请专人导览。西湖里根场的合掌造村落也很值得一访。

山梨县南都留郡富士河口湖町西湖 2068（西湖蝙蝠穴案内所） 055-582-3111 www.fujigoko.co.jp/ashiwada/koumori.html 9:00 ~ 17:00（全年无休） 一人 500 日元（两人成行） 富河口湖站发车的西湖周游巴士可达西湖各景点：河口湖站 ~ 西湖东口 ~ 西湖蝙蝠穴 ~ 西湖里根场 ~ 西湖野鸟森林公园 ~ 御殿庭 ~ 富岳风穴

山梨县

精进湖、本栖湖

富士五湖中最西边的两座湖泊，精进湖面积最小，以绿色湖水与“二重母子山”闻名；本栖湖深度最深，冈田红阳在此拍摄的“湖畔之春”被用作日币千元钞背面的图案。

山梨县南都留郡富士河口湖町、身延町 搭乘富士急行巴士“新富士站经本栖湖、精进湖、河口湖往富士山站”路线即可抵达，河口湖站与富士宫站均设有站。